뒤져본 사진첩

국립중앙도서관 출판예정도서목록(CIP)

뒤져본 사진첩 : 황혼에 기대 하루를 돌아볼 무렵 불현듯 찾
아오는 그리움 / 지은이: 김정부. ‒ ‒ 서울 : 토담미디어, 20
18
   p. ; cm

ISBN 979-11-6249-050-1 03810 : ₩13000

자전적 수필[自傳的隨筆]
수기[글][手記]

818-KDC6
895.785-DDC23   CIP2018029821

뒤져본 사진첩

김 정 부

토담미디어

친구에게 보답하는 의미를 담아

1998년 공직에서 정년퇴직했습니다. 오랜 직장생활을 마치고나니 마음의 여유도 생기고 소원했던 친구들과도 교류가 활발해졌습니다.

나는 안성 출생이며, 안법고등학교를 졸업했습니다. 일선에서 정년을 한 나와는 달리, 현역에서 활발히 활동하는 가까운 친구 중에 『소설 이휘소』의 저자 공석하(故) 교수가 덕성여대 평생교육원 문예창작과에서 후학들을 양성하면서 뿌리 출판사를 운영하고 있었습니다.

당시 공석하 교수는 종합문예지인 계간 〈뿌리〉의 발행인으로서 글 쓰는 일을 독려하고, 역량 있는 작가들을 발굴하여 중앙 문단에서 활동할 수 있는 바탕을 마련해 주고 있었습니다. 나도 고교 동기동창생이며 평소 가깝게 지내던 그의 권유로 뒤늦은 문학 공부를 시작했습니다.

1999년 계간지 〈뿌리〉 가을호에 수필 「나의 금연기」 「백련산의 아침」을 차례로 발표하고 2000년 〈뿌리〉 봄호에 「잉꼬의 반란」이란 작품으로 등단했습니다.

많이 늦은 나이였습니다. 친구 공 교수 덕분에 덕성여대 평생교육원 문예창작과에서 공부하며 발표한 수필 40여 편을 모아 단행본으로 엮었습니다. 세상에 내 놓기에는 설익어 부끄럽지만, 글줄이라도 쓸 수 있는 발판을 마련해준 소중한 친구 고 공석하 교수에게 보답하는 의미를 담았습니다.

20018년가을

저자 김정부

contents

김정부 에세이

뒤 져 본　사 진 첩

여느 때와 같이 아침 등산 후 샤워를 하고 60여 종의 화분에 물을 주고 나서 조간신문 정치면을 보고 있다. 국회에서 임동원 통일부장관의 해임 건의안이 가결됨에 따라 후임 인선과 개각의 폭이 설왕설래하는 내용이 지면에 가득하다. 자민련과의 공조의 몫으로 총리직에 있는 이한동 총리의 잔류냐 사퇴냐에 따라 의리 또는 배신이 당리당략에 좌우되고 권력에 맛을 알아 권력 따라 움직이는 철새 정치인들의 보도를 읽으며 개탄하고 있을 때 아내가 방으로 들어오며 말한다.

"김용기가 백련산에서 40대 여자와 바람이 났다네."

나는 너무 황당해 보던 신문을 던졌다.

"뭐라고? 어디에?"

"저기, 종이쪽지에."

제1부

잉꼬의
반란

잉꼬의 반란

잉꼬는 남 호주가 원산인 앵무새 과에 속하는 새로 몸길이는 21cm 머리 홉은 황색, 허리 가슴 복부는 녹색, 꽁지 중앙의 깃은 남색, 그 외는 황색, 머리 뒤와 얼굴 및 홉에는 흑색의 가로 무늬가 있고 알은 일회에 3~8개를 낳고, 포란 기간은 18~20일인 애완용 새로 우리 주변에서 많이 볼 수 있다. 잉꼬의 사랑을 가늠하기에는, 세계에서도 우수한 문자인 한글로도 표현이 쉽지 않다. 아마도 밀어를 속삭이듯 묘한 자기들만의 소리와 입을 맞추고 서로 깃털을 골라주며, 애정 어린 눈빛으로 고개를 끄덕이고 사랑을 확인하는 모습이 아름다워 보이기 때문일 것이다.

그래서 옛날부터 금실 좋은 부부를 가리켜 잉꼬부부라 부른다. '여필종부女必從夫-여자는 반드시 남편에게 순종해야 한다.' '삼종지덕 또는 삼종지의, 삼종지탁 어릴 적엔 부모를 따르고 시집 가선 남편을 따르고 남편이 죽으면 아들을 따르라는 것' '조강지처불하당糟糠之妻不下堂-구차하고 친할 때 고생을 같이 한 아내는 대우하고 존중해야 한다.' 이러한 고사성어는 부부간이라도 서로 인내하며 존중하고 사랑하는 의미가 포함되어있다.

잉꼬를 보며 연정을 노래한 시는 없을까? 이러한 생각으로 국내외의 대표시를 찾아보았지만 과문한 탓인지 함윤수 씨의 「앵무새」라는 시만 찾았는데 이 시도 부부간의 연정과 거리가 먼 것이고 옛날 신라 흥덕왕이 썼다는 「앵무가」는 가사가 전해지지 않자만 부부간의 사랑을 노래한 내용임을 확인했다.

당시 중국을 다녀온 사신이 앵무새 한 쌍을 왕에게 선물로 바쳤다는데 왕은 늘 그 새들이 부부놀음을 하는 것이 즐거워 죽은 부인을 생각하며 늘 사모의 정으로 살았다. 그런데 앵무새 한 쌍 중 암컷이 병이 들어 죽고 말았다. 짝 잃은 앵무새는 먹이를 주어도 먹지 않고 밤낮으로 슬피 울었다. 어찌나 보기가 애처로웠는지 왕은 그 앞에 거울을 갖다 놓으라 하였다. 앵무새는 거울에 비치는 제 모습을 보고 죽은 짝이 돌아온 줄 만 알았지만 거울속의 앵무새는 소리가 없었다. 거울 속 제 모습을 부리로 쪼았지만 싸늘한 동경이 그를 가로 막고 있었다. 앵무새는 몇 번이나 소리 없는 제 영상을 부리로 쪼아대다가 결국은 그리움 속에서 죽고 말았다. 왕은 앵무새가 죽자 「앵무가」란 제목으로 죽은 부인을 추모하며 시를 썼는데 김부식이 『삼국사기』를 만들면서 이 시의 원문이 없어 수록하지 못함을 안타까워했다고 한다.

이렇게 아름다운 고사도 있건만 요즈음 결혼한 사람 중 이혼하는 사람이 점차 늘고 신혼여행 중에도 이혼하는 일이 있다고 한다. 그뿐 아니라 팔순을 앞둔 할머니가 과거에 폭행과 괄시를 받았다고 병든 남편과의 이혼을 청구하였는데, 대법원에서 결혼 당시의 상황을 고려하여 병든 남편을 간병할 책임이 있다고 기각하였다. 그러나 여성 단체에서는 오판이라고 이의를 제기하는 일이 있었다. 다른 한 예로, 부인이 암으로 투병 중 사망하자 결혼 당시 함께 죽기로 한 약속을 지키겠다며 남편이 따라서 목숨을 끊었다는 신문기사가 우리의 눈길을 끌기도 했다.

우리 인간 사회가 이렇게 변해 가니 자연의 생태계도 변해 가는가 보다. 모 방송국의 "세상에 이런 일이"란 프로를 우연히 보게 되었다. 잉꼬 한 쌍이 있는 새장에 앵무새 암컷 한 마리를 넣어주니 그렇게 다정하던 잉꼬 한 쌍 중 수컷이 암컷을 물고 쪼며 곁에도 오지 못하게 했다. 그리고 버젓이 앵무새 암컷과 부리를 비비며 입 맞추고 서로 애무하며 사랑을 나누는 행위를 보였다. 앵무새가 잉꼬의 조상이어서 그런지 혈통이 같아선지. 아니면 잉꼬도 새것을 좋아 하는지. 결국 잉꼬의 암컷은 다른 새장으로 쫓겨났다. 수컷 잉꼬와 앵무새의 암컷 사랑의 결실인 알을 낳았는데 이것이 부화가 될 것인지 안 될 것인지 관심의 초점이고 또 부화되면 새의 이름은 잉꼬 아닌 "앵꼬"라고 지을 것인가 의견이 분분하였다. 알을 품고 있는 앵무새 암컷에 모이도 물어다 주고 애교로 지극 정성을 다 하였지만 포란 기간이 지났어도 부화가 되지 않았다. 알을 꺼내보니 전부 무정란이었다.

이 프로를 보면서 정도를 벗어난 행위의 결과는 자연의 생태계나 우리 인간사회나 다를 바 없다는 생각이 든다. 그리고 잉꼬의 반란으로 금실 좋은 부부의 대명사를 다시 한 번 생각하게 한다.

백련산白蓮山의 아침

나는 4시 30분이면 매일 백련산으로 등산을 한다. 백련산은 은평구와 서대문구의 경계에 있다. 산의 남쪽에는 백련사, 북쪽에는 보문사가 있고, 응암1, 2, 3, 4동 주민이 이용하는 약수터와 북가좌동, 남가좌동, 홍은동 주민들이 주로 이용하는 오염되지 않은 약수터가 있어 주민들의 발길이 끊이지 않는다.

새벽길에 약수터에 들려 약수 한 컵을 마신다. 밤사이 찌든 육체가 홀가분 해지는 느낌이다. 늘 다니는 코스의 계단 4백여 개를 하나하나 밟으면서 정상인 은평정에 올라 크게 심호흡을 한다. 산 정상에서 바라보는 서울은 언제 보아도 아름답다. 등태산이소천하登太山而小天下라고 했던가. 공자의 호연지기浩然之氣를 매일 마음에 새겨본다. 은평정에서 심호흡을 몇 번 하고는 체력 단련장으로 간다. 그 곳에는 철봉이 두 개, 평행봉 한 개, 윗몸 일으키기 세 개, 허리 돌리기 두 개, 역기가 무게별로 다섯 틀이 있다.

거의 만나는 사람 가운데는 화제의 뉴스를 늘 설명하고 평가해주는 시사해설가 조 전 시의원, 백련산 쓰레기를 항상 줍고 또 꽃과 나무를 꺾고 담배꽁초라도 버리는 사람을 보면 타이르고 꾸중도 해주는 우리들의 규율반장인 박 전 동장, 시장에서 혼수가게를 하며 언제나 일등으로 나오는 우 사장, 고향이 나와 같이 안성인 양 사장, 항상 노래를 부르며 다녀 주위 사람들을 즐겁게 해주는 트로트의 명가수 이 부장, 강릉이 고향이며 홍일점인 강릉아줌마 등 각양각색 여러 부류의 멤버들이 나와 운동을 하고 있다. 맨손체조를 하던 양 사장의 흥분된 목소리가 들린다.

"어제 뉴스에 × 국회의원이 몇 십억 원을 먹어서 검찰에서 내사하고 있다는군요."

"돈 먹은 국회의원이 한두 명이겠어요 아마 전부일지도 모르지요. 액수가 문제겠지요."

허리 돌리기를 하던 우 사장의 답변이다.

"국회의원 한 달 경조비가 5~6백만 원 씩 들어간다는데 세비로 감당하겠어요? 얻어 썼겠지요. 어떻든 경조사에 찬조금을 내지 못하게 한 것은 잘 한 것 같아요, 국회의원들의 지출이 그만큼 줄어드니 돈 먹을 생각도 덜 할 것 아니요."

전 박 동장의 말이다.

"돈 안 먹은 역대 대통령이 몇이나 됩니까? 정의사회 구현이라고 떠들던 전 대통령의 비자금, 보통사람의 보통정치 구현한다던 노 대통령의 비자금이 얼마입니까? 발각된 것만도 몇 천만 원 아닙니까? 일전도 안 받겠다고 칼국수만 드시던 김 대통령의 아들이 해 먹은 것은 얼마인지 알지도 못하는 것 아닙니까? 장관의 부동산투기, 도지사만 되어

도 먹자판 아닙니까? 대만인가에서는 며느리가 청탁했다고 사형시켰다고 하는데. 우리나라는 몇 백억 원 먹은 놈들은 금방 풀려나고 몇 백만 원, 몇 십만 원 먹은 사람은 영창생활을 하니, 언젠가 강도짓하다가 잡힌 사람의 말이 맞지요. 무전유죄 유전무죄가 유행어가 되었지요. 그러니 노력하여 잘 살 생각은 않고 한탕주의가 만연한 것입니다. 형의 집행도 형평성이 있어야 되겠지만 형량도 무겁게 하여 감히 죄짓고는 살 수 없다는 인식이 뿌리내려야 될 터인데 변호사가 누구냐에 따라 형량이 바뀌는 판이니… ”

조 전 시의원의 열변이 계속된다.

“우리나라 국민성은 원래 뚝배기나 온돌방의 구들장이 늦게 더워지고 늦게 식는 참을성과 끈기가 있었습니다. 그런데 요즈음 젊은 사람들에게서는 참을성과 끈기를 찾기 힘들게 되었어요. IMF를 맞아 외화를 벌기 위해 남녀노소 모두가 돌, 약혼, 결혼, 환갑 등의 기념반지까지 갖고나와 동참하고 수재민 구호모금에도 얼마나 많은 국민이 참여했습니까? 세계에서도 놀랐던 일이지요. 그런데 경제가 조금 나아졌다고, 대형차의 주문이 밀리고, 해외여행도 IMF이전의 수준을 능가한다고 하잖습니까. 언제 또 무슨 일이 닥칠지 모르겠어요. 다시 원래의 국민성인 은근과 끈기 정신을 전개해야 합니다."

"옳습니다."

듣고 있던 모든 사람들이 공감을 표시하고 있다.

5시 30분, 화산에서 토해 낸 용암 같은 구름이 북한산 기슭 위에 머물고 있다.

매미 한 마리가 새벽의 여명을 알리며 울기 시작한다. 여기저기서 요란하게 따라 운다. 어느덧 백련산이 자연의 오케스트라를 연주하고 있는 느낌이다. 맴맴, 쓰으람 쓰으람… 이때쯤이면 등산객의 숫자도 많아진다. 혈액순환에 좋다고 손뼉을 탁탁 치는 사람, 나온 배가 들어가고 소화도 잘 된다고 나무에 배치기하는 사람. 허리 아픈데 좋다고 바위에 등 치는 사람, 야-호 야-호 소리 지르는 사람…….

백련산의 아침은 이렇게 밝아 온다.

아주 작고 평범한 이야기

출근 지하철 안에서 갑자기 고성이 들린다.

"당신이라니? 머리가 까마니까, 뭐 이런 게 다 있어"

"그래 몇 살이냐?"

"육십 다섯이다."

"나는 칠십이다."

"그래 칠십이면 그렇게 말하냐?"

"왜 복잡한데 신문 봐, 신문이 목을 찌르고 머리카락도 헝클잖아. 이 무식한 놈아 신문 보지 마."

"뭐! 무식한 놈?"

열차안의 시선은 고성이 나는 쪽으로 향하고 피곤해서 졸던 사람도 눈을 번쩍 뜬다. 나도 소리 나는 쪽으로 눈을 돌려 보니 한 사람은 머리가 하얀 백발이고 몸집이 왜소한 편이다. 다른 사람은 머리가 까맣고 운동모자를 눌러 쓰고 몸집이 큰 편이다. 몸집이 큰 사람이 신문을 본 사람이고 보지 말라는 사람은 나이가 칠십이 된 백발노인이다. 이 두 사람은 모두 서서 고성으로 욕설을 하며 삿대질을 한다.

"동방예의지국東方禮儀之國" "장유유서長幼有序" 이 말은 우리나라가 예의가 바른 나라이고 아랫사람은 윗사람을 존경하고 받든다는 뜻이다. 전동차 안에도 노약자, 장애인 지정석이 있고 많은 젊은 사람들이 자리에 앉아 있건만 누구 하나 자리를 양보하는 사람이 없으니 서 있을 수밖에 없다. 무덥고 다리도 아픈데 전동차가 흔들릴 때마다 신문이 신경을 쓰게 하니 짜증도 날 것이고 경로정신이 해이해져가는 요즈음의 세대를 안타까워하는 고함일 것이다.

나도 며칠 전에 똑 같은 말다툼이 있었다. 그날은 유난히 기분 나쁘게 후텁지근한 날씨였다. 전철 안은 에어컨 돌아가는 소리가 요란한데 시원한 바람은 전혀 느낄 수 없고 몹시 더워 등골로 땀이 연신 흘렀다. 누가 옆에 와 몸이 닿을까 신경이 곤두서 있는데 내 뒤에서 40대 남자가 신문을 펼쳐들고 있으니 열차가 흔들릴 적마다 목을 찌르고 머리를 헝클어 놓는다. 몇 번이나 뒤 돌아보며 신문을 보지 말라고 암시했으나, 모르는지 알면서도 무시하는지 계속해서 신문을 보는 것이다. 참다못해 뒤돌아서서 내 손으로 신문을 접으며 말했다.

"복잡한데 신문 보지 마시오."

"자유입니다."

"자유? 자유가 뭔지 알아 자유도 남을 존중할 줄 알고 피해를 주지 않는 자유가 진정한 자유요."

나도 약간 흥분된 어조로 말했다. 주위에 시선도 우리에게 쏠리니 할 말을 잊은 듯 속으로 중얼거리며 신문을 접는다. 이 모든 행동이 경로사상의 결여와 남을 배려하는 마음이 부족해서 오는 현실이다.

아침저녁으로 2시간 이상 지하철을 이용하며 복잡한 장소에서 작은 행동이 다른 사람에게 불편을 주는 것을 많이 보았다. 손잡이를 양손으로 잡고 다리를 벌리고 서 있는 사람, 껌을 소리 나게 씹으며 화장하는 사람…

머리칼을 손으로 넘기지 않고 머리를 흔들어 넘기는 사람은 뒤에 사람이 서 있거나 말거나 휘두르는 머리채로 타인의 눈과 얼굴을 찌른다. 신문을 펼치고 보는 사람, 핸드폰을 큰 소리로 말하는 사람, 이어폰이 주위까지 들리게 크게 틀고 듣는 사람, 빈 자리를 손으로 차지하고 앞에 사람이 있는데도 멀리 있는 사람을 불러 앉히는 사람, 좁은 통로에 어깨를 피해 가면 좋으련만 툭툭 치고 지나가는 사람, 자리가 비면 옆에 노인이 있는데도 먼저 앉는 사람…

그리고 노약자 장애인석에 앉아 있는 많은 사람을 보게 된다. 그 자리에 앉으면 '노약자 장애인을 위하여 자리를 비워둡시다.' 글씨도 못 읽는 문맹이 되고, 노인과 장애인이 앞에 있어도 보지 못하는 시각장애인이 된다. 또한 노약자 장애인지정석에 앉으면, '노약자 장애인에 자리를 양보합시다.' 방송도 듣지 못하는 청각 장애인이 되고. '세계를 보기 전에 이웃을 먼저 보라.'는 포스터 앞에 젊은이는 앉아서 신문을 보고 노인은 지팡이를 짚고 쪼그려 앉아 있는 사진도 이해 못하는 바보가 되는가 보다. 아주 평범하고 작은 행동의 실천에는 전문지식, 기술, 금전 또는 힘이 필요한 것도 아니다. 어른을 공경하고 이웃을 생각하며 배려하는 마음을 가져 명랑하고 즐거운 지하철 문화를 만들도록 다 같이 행동으로 옮겨야 하겠다.

사랑은 장수長壽의 비결秘訣

　　　　　　　　　　　자주 만나 식사하며 술도 한잔 하는 집안 여동생에게서 전화가 왔다

"오빠 오늘 시간 있어요?"

"나, 있는 건 시간뿐인데."

"그럼 12시에 인사동에서 만나요."

여동생은 50대 중반이 넘었고 슬하에 남매가 있다. 남편은 종로5가 금은방에서 세공 일을 하다가 금값이 고공 행진해 일감이 없어 허송세월할 때 지인의 소개로 일본으로 건너갔다. 그 곳에서 세공 일을 하며 일 년에 몇 차례 귀국해서 가족들과 만나고 있다. 남매 중 장녀가 출가해서 딸을 낳아 외할머니가 된 여동생이다.

여동생은 부지런하여 집안 살림을 하면서도 식당에서 일을 도와주다가 조리사자격증이 필요함을 인식하고 조리사자격시험에 응시하여 '한식조리사 자격증'을 취득하였고, 산후조리원에 필요한 '산후조리원 매니저' '시각장애인 활동보조원' 등의 자격증을 가지고 있으며 현재

는 지인의 소개로 90대 독거노인의 활동보조원으로 지내고 있다고 한다.

12시 10분에 안국역에 도착하니 여동생이 벌써 와서 기다리고 있었다. 반갑게 악수를 하고 인사동으로 걸어갔다. 일요일이라 거리는 사람들로 북적였다. 중국어, 일본어로 말하는 관광객들이 여행사 깃발을 든 안내원을 따라 이동하고 파란 눈의 관광객과 피부색이 까만 관광객도 한데 어우러져 움직이고 있다. 한쪽에선 파란 눈의 악사가 기타 음악을 연주하며 구경꾼들로부터 박수를 받고 다른 곳에서는 마술사가 되겠다며 마술을 열심히 연기하고 있고 꽈배기, 붕어빵, 꿀타래, 추억의 국화빵, 요즈음 인기인 지팡이아이스크림 등의 가게에서는 중국어, 일본어, 영어로 호객하는 마이크 소리가 한데 어우러져 생동감이 넘치는 인사동 거리다.

진풍경을 구경하다가 길게 늘어선 지팡이아이스크림 파는 뒷줄에 서서 십여 분 만에 오천 원을 주고 여동생이 사가지고 나왔다. 역시 먹거리에 관광객이 몰렸다. 사 온 아이스크림을 반으로 잘라 나누어 먹으며 인파에 따라 움직이던 여동생이 "저 블라우스 예쁘지요?" 하며 가게 안으로 들어가기에 따라 들어갔다.

밖에 진열된 상품은 15,000원, 20,000원의 가격표시가 붙어 있는데 안에 있는 상품은 40,000원이나 되었다. 블라우스를 손에 든 여동생은 몸에 대고 나에게 보인다.

"어때, 오빠!"

"예쁜데, 잘 어울리고."

"그래요? 그럼 사야겠네." 하며 핸드백에서 지갑을 꺼낸다.

"이거 오빠가 사 줄게" 하고는 4만 원을 지불했다.

"오빠 고마워요 나중에 신세 갚을 게요."

"별 소릴 다 한다. 점심은 무엇을 먹을까?"

"저 쪽에 있는 두부마을로 가시지요?"

"그래, 두부가 몸에 좋지"

둘이는 두부 마을로 들어가 얼큰한 두부찌개와 순한 두부찌개 하나씩 주문하고 동동주 막걸리도 시켰다.

"동생은 요즘 90대 독거노인과 생활한다며?"

"네, 35평 아파트에 혼자 계시는 90이 넘은 할머니신데 그 시대에 대학을 나오신 인텔리세요. 사업도 크게 하시다가 자식들에게 물려주었는데 지금은 건강관리에 전념하시고 동창회나 모임에 참석하며 지내시는 분이에요."

"그럼 동생이 하는 일은 뭐야?"

"잡수시는 약 챙겨 드리고 식사 준비해서 같이 먹고 병원, 은행, 산책 같이 가고 항상 같이 지내며 말벗이 되지요."

"가족 관계는?"

"아들, 며느리, 손자도 있죠. 주말이면 아들과 며느리가 오기 때문에 내가 쉬는 날이지만 일찍 가서 약은 챙겨 드리고 오지요."

"모임 동창회도 같이 가나?"

"할머니 혼자 가시고 나는 집에서 반찬 만들고 식사 준비하지요. 비용은 아들이 카드를 줘 필요 시에 사용하고."

"힘든 일은 없구먼."

"그래요 그런데 재미 있는 이야기 하나 해줄게요."

지금부터는 여동생이 들려준 이야기다.

하루는 할머니께서 동창회 갔다 오셔서 목욕을 하는데 휴대폰이 울려 받으니 "김 여사 잘 들어갔어?" 하는 남자의 목소리. 그래서 "지금 목욕 중이세요." 라고 전한 일이 있는데, 동창회와 모임으로 자주 출타하신 원인을 대충 짐작할 수 있었다.

또 하루는 현관문 비밀번호를 누르더니 할아버지 한 분이 들어오셔서 깜짝 놀랐는데 이 분이 할머니 남자 친구인 것이다. 당황한 할머니께 다가가서 포옹하고 등을 토닥이는 모습이 젊은 연인들의 행동과 다를 바 없었다. 어항 청소할 때 되었다며 자연스럽게 금붕어를 옮겨 놓고 어항에 물을 빼고 청소를 하는데 여염집 가장의 모습 그대로다. 할머니는 옆에서 거들어 주면서 다정히 속삭이는 모습이 원앙 한 쌍의 행동이었다. 나는 못 본 체하고는 식사 준비를 해 두 분이 잡수시도록 점심상을 차려놓고 집에 다녀오겠다며 아파트를 나섰다.

집에서 쉬는 날이다. 할머니께서 계단을 내려오다가 미끄러져 다리가 골절되어 119로 ××병원에 실려갔는데 내가 제일 근거리에 있으니 빨리 병원에 가보라는 아들의 전화다. 옷을 갈아입을 생각도 못하고 밖으로 나와 택시를 타고 병원에 도착해 응급실로 갔다. 간호사는 혈압을 재고 의사는 할머니에게 "어디가 아프세요?" 문진하고 있었다.

나는 할머니께 다가가 물었다.

"어떻게 된 거예요?"

"왔어? 계단 내려오다 넘어졌어." 하시면서 인상을 찌푸리면서 아픔을 참고 계셨다.

혈압을 체크하던 간호사가 "보호자 되십니까?" 하며 나에게 묻는다.

"아니에요. 도우미인데요 보호자께서는 지금 오시는 중입니다."

"할머니께서는 고관절이 골절된 것 같으니 사진을 찍고 입원하셔야 할 것입니다"

"알겠습니다. 걱정 마시고 모든 조치를 해주십시오."

할머니를 모시고 방사선과에서 사진을 찍고 응급실로 오니 아들 내외가 기다리고 있었다. 할머니를 보고 달려 온 내외는 할머니 손을 두 손으로 꼭 잡고 "어머님 얼마나 아프세요? 어쩌다… 주의 좀 하시잖고." 하며 위로와 걱정을 하는데 의사가 방사선과에서 가져온 X-선 필름을 뷰 박스에 꽂아 놓고 보호자를 부른다.

"여기 보셔요! 이렇게 골절되어 어긋나 있어요. 수술해서 바로잡아야 하니 원무과에 가서서 입원 수속을 해 주십시오." 한다.

그때서야 나를 본 대표께서 "김 여사님 수고 많이 하셨습니다. 오늘 어머님 입원하시면 김 여사께서 어머님과 같이 계셔 주셨으면 고맙겠습니다. 내일 어머님 간병할 간병인을 구해 드리겠습니다."

"알겠습니다. 오늘은 제가 어머님을 모시고 간병하겠습니다."

"고맙습니다."

아들은 원무과에서 입원 계약서를 가져와 어머님을 모시고 입원층으로 갔다. 12층 간호사무실에 입원서류를 제출하고 간호사 안내로 1인 특실로 들어갔다. 병실은 6평 정도로 넓었으며 병상은 깨끗한 하얀 시트가 덮여져 있고 옆에는 보호자 간이침대도 있고 한편에는 5, 6명이 회의를 할 수 있는 책상과 의자도 있고 티 테이블도 있다. 휠체어에서 내린 할머니를 아들 내외가 부축해 병상에 뉘였다. 간호사가 환의와 링거, 혈압계를 가져와 환의로 갈아 입혀 드리라고 한다. 환의로 갈아입은 할머니에게 혈압을 체크한 다음 링거를 주사하며 금식 푯말을 병상에 걸어 놨다. 아들 내외가 앞에 있으니 할머니는 어린애 마냥 더 아파하며 응석을 부린다.

수술 날이다. 아들 내외가 일찍 병원에 도착했다. 잔뜩 겁먹은 할머니에게 다가가 "어머님 너무 겁먹지 마세요, 잠깐이면 끝날 것입니다." 하며 위로한다.

수술시간은 오전 10시. 수술실 남자 직원과 간호사가 환의를 수술복으로 갈아 입혀 드리고 수술실로 모셔 갔다. 아들 내외와 수술실 앞까지 따라가며 안심시켰으나 할머니는 겁먹은 얼굴로 눈을 꼭 감고 있다. 할머니가 수술실로 들어가는 것을 보고 수술 예정시간이 한 시간 정도라 해서 병실로 올라와 대기하고 있었다. 수술하고 회복실을 거쳐 3시간 만에 병실에 오신 후 할머니는 식사도 잘 하셨다.

건강이 많이 회복된 일주일이 된 날이다. 뜻밖에도 할머니 친구인 할아버지께서 과일 한 바구니를 들고 찾아 오셨다. 나도 놀랐지만 옆에 있던 아들 내외가 의아한 눈으로 나를 쳐다본다.

"누구신가요?"

내가 대답했다.

"할머니 아시는 분이예요."

"감사 합니다 어서 오셔요."

"수술결과는?"

"예 수술도 잘 되었고 지금은 걷기위한 물리 치료를 하고 있습니다."

"천만다행입니다."

아들은 "그럼 어머님께…." 하고 할머니가 누워계신 병상을 가리킨다.

병상에서 엉거주춤한 자세로 우리를 바라보던 할머니는 안도의 눈빛으로 친구를 맞는다. 할머니의 응석어린 말투를 받아주며 토닥여주는 두 사람의 행동과 언동은 다정다감한 부부의 행동과 다를 바 없었다.

할아버지께서 오셨다 가신지 사흘째 되는 날이다. 할머니께서 나를 부르시더니 "내일 영감님께서 오신다고 하니 그 양반이 좋아하는 잡채 좀 하고 콩밥에 된장찌개 부추전 좀 부치고 해서 가져와." 하면서 즐겁고 행복한 표정이다. 입원 후 곧바로 조선족 아주머니를 간병인으로 고용하여 항시 할머니 옆에서 시중을 들게 했기 때문에 나는 시간적 여유가 많아 주문한 음식 외에도 어른들이 좋아 할 겉절이와 깻잎 등을 만들어 병원에 도착하니 할아버지께서는 도착 전이었다.

가져 간 음식으로 점심 상을 준비하는데 할아버지께서 마침 오셨다. 할아버지를 본 할머니는 "왔수!" 하며 환한 얼굴에 행복한 미소를 띠고 할아버지에게 가기 위해 병상 모서리를 잡고 힘들게 움직이신다. 나비가 꽃에 안기듯 침상 옆 의자에 앉아 계신 할아버지 무릎에 살포시 앉더니 두 손을 들어 나비가 날개로 꽃을 감싸듯 할아버지 얼굴을 감싼다. 당황한 할아버지가 "다리 조심 해!" 하면서 얼굴을 감싼 손을 포개 잡으며 우리 쪽을 바라본다. 우리는 얼른 외면하고 점심 상을 차려 두 분이 잡수시도록 하고 밖으로 나왔다.

사나흘에 한 번씩 병문안 오시는 할아버지를 기다리는 설렘, 만나면 스킨십의 짜릿한 쾌감, 즐겁고 행복한 시간, 헤어지는 아쉬운 작별. 이 것은 90이 넘은 노인의 사랑이지만 청춘 남녀의 사랑도 이와 다를 바 없을 것이다. 사랑 그것도 이성간의 사랑은 장수長壽의 비결秘訣이라는 것을 오늘 새삼 깨달았다.

"오빠! 술 마저 들고 일어나야지?"

"그래, 이야기 듣다보니 벌써 다 마셨네? 동생 이야기 들으니 장수하려면 사랑을 해야 되겠구나. 허허허." 하면서 술을 마시고 자리에서 일어섰다.

돌싱

'돌싱'. 한글 영어 혼합어다. 한글의 '돌아오
다'의 '돌'과 영어 'single'을 'sing'으로 줄인 신조어다. 결혼해서 살던
남녀 중 이혼한 사람과 사별한 사람을 통칭해서 '돌싱' 즉 '돌아온 싱
글' 정확히 말하면 '돌아온 독신'을 말한다. 고희가 지나 희수를 바라
보는 나이가 되니 주변에 '돌싱'이 점차 늘어나는 추세이고 한 달에 한
번 만나는 오인회에도 나를 포함해서 '돌싱'이 세 명이나 된다. '돌싱'
세 명이 이구동성으로 아내 있는 사람에게 하는 말은 "있을 때 잘해
후회하지 말고…" 노래가사를 인용해서 아내 생존 시에 잘 해주라고
충고한다. 상처하고 나면 "좀 더 잘 해 줄걸" 하며 후회하고 반성하게
된다고.

우리 신혼 때에는 남자들이 부엌에 들어가면 어머니들이 "×× 떨어
진다."며 부엌에는 얼씬도 못하게 했다. 그래서 부엌은 금남의 구역으
로 인식되어 명절이나 기일 등에 아내 혼자서 동동거리며 일하고 나면
초죽음이 되어 앓아눕는 일이 다반사였다.

요즈음 시대에는 남자가 부엌에 안 들어가면 이혼 사유가 된다고 한다. 그만큼 남녀가 함께 집안일을 하게 되었다. 이제 신세대에 맞추어 아내 일을 도와주려 할 때 아내는 이미 이 세상 사람이 아니라며 후회담을 말한다.

  K형. 지금 장남과 며느리 손녀 세 명과 생활한다. 부부가 직장에 나가고 손녀들 학교에 가면 혼자 집에 있어야 하고 점심도 혼자 먹어야 한다. 그러나 데워서 먹을 수 있게끔 며느리가 모든 준비를 해놓고 출근해서, 점심시간만 되면 전화로 "점심 드셨느냐?" 묻고 퇴근해서도 식사량 체크하고 식사량이 적으면 "왜 식사 못 하셨나?"며 건강 유무를 묻고 평소 좋아하는 음식을 장만해 주는 효부, 대학생이 된 손녀도 방학 때면 아르바이트해서 번 돈으로 할아버지 용돈 쓰시라고 몇 만 원 씩 주는 효심, 아들 셋이 매월 용돈으로 몇 십만 원씩 주어서 쓰고 있지만 젊은 시절에 시골에서 상경하여 몇 년을 봉급생활하고는 가내 사업을 하면서 직원을 20명씩 고용하여 월급을 주며 하던 사업을 중국의 물건이 들어오면서 도저히 사업을 할 수 없어 폐업을 했지만 아직도 기계는 처분하지 못하고 가끔씩 기계실에 내려가 추억을 생각한다.

  K형은 3, 40년간 공장운영을 했는데 아내가 직원들 식사를 책임지면서도 자식들 뒷바라지까지 잘했다. 자식들 모두 대학 졸업에 결혼까지 시켰으니 이제 둘이서 여행이나 하면서 여생을 즐겁게 살자 했는데 급성 간경화로 응급실과 병실을 오가며 고생하다 1년여 만에 세상을 하직했다. 벌써 2주기다. 김장을 하는데 배추를 씻어주고 양념까지 버무려 주면서 "네 어머니 생존 시에 이렇게 해주었으면 좋아했을 텐데…" 며느리에게 말하니 "어머님께서 무척 좋아 하셨을 거예요." 하면서 눈

시울이 붉어진다.

나는 입이 까다로워 반찬도 두 번 이상 나오면 손도 대지 않았고 밖에서 술을 먹고 늦게 귀가해도 항상 밥상을 차리게 해 아내를 괴롭혔다. 이제와 후회하고 잘 해 주려고 해도 아내는 이미 이 세상 사람이 아니다.

L형. 공무원 생활하면서 동장으로 정년퇴직하여 의정부로 이사해서 살다 뇌졸중으로 언어도 어눌해지고 다리도 불편하여 지팡이를 의지해 걸어야 하는 형편이 되었다. 부인은 간호사 출신으로 활동력이 활발하여 노인대학을 운영하면서 즐겁고 행복하게 사회생활을 했다. 해마다 하는 건강검진에서 부인이 이상 징후가 있어 정밀검사를 해 봤더니 몇 개의 암이 발견되어 병원에 입원하여 치료를 했으나 병세는 호전되지 않고 악화되더니 몇 개월을 버티지 못하고 세상을 떠났다. 시신은 본인의 유언대로 대학병원에 기증하여 아직까지도 병원에 있다고 한다. 주변에서는 이구동성으로 동장이 먼저 갈 줄 알았는데 뜻밖에 부인을 사별함에 다들 안타까워했다. 지방에 있던 아파트를 처분해서 아들의 사업 실패로 진 빚을 갚아주고 상경하여 방 하나 얻어서 혼자 살고 있다. 식사는 도우미 아주머니가 매일 와서 도와준다. 공무원으로 정년퇴직 해 연금으로 도우미 월급, 방세, 공과금을 내면서 자식들에게 아쉬운 소리 안하고 사니 연금의 중요함을 새삼 인식한다.

H형. 내외만 아파트에 산다. 부인이 파킨슨병이 있어 살림을 잘 못해 H형이 살림을 해야 하는 실정이다. 물론 아들딸들이 있지만 모두가 자기 자식들과 살기 바쁘니 내외가 해결해야 하기 때문에 모임에 빠지는 일이 많은데 이제 등급 판정을 받아 가정 간병인의 도움을 받을 수 있

어 모임 참석이 많을 것이라 한다.

R형. 회원 중에 내외가 제일 건강하다. R형은 한문과 붓글씨에 박식하고 등산동호회에도 가입해서 산에도 자주 다니는 편이다. 그런데도 집에서 세끼를 먹는 "삼식이"란다. 부인이 이제부턴 점심은 각자 알아서 해결하자고 해서 "삼식이"를 면했다고 한다. 아직까지 부인이 해주는 밥을 먹는 행복한 회원이다.

내 아내는 오 년여 투병생활하다 일 년 전에 먼저 하늘로 갔다. 뇌경색으로 쓰러져 종합병원에서 수술 후 입원 치료를 했는데, 간병인 인건비가 치료비 보다 많아 요양병원으로 옮겨 치료 받다가 장기요양법이 발효되어 요양원에 가면 국가에서 치료비를 보조해 준다 해서 1등급 판정을 받아 요양원으로 갔다. 요양원에 입원하며 알게 된 것은 국가보조금을 제외한 개인 부담금 20%에 식대, 간식비, 입원비를 합하면 요양병원과 별로 차이가 안 난다는 것과 물리치료도 일주일에 한 번이고 응급사항이 발생하면 보호자에게 연락해서 병원에 모셔가라 한다는 것이다. 약도 병원에서 처방받아 조제해서 가져다줘야 한다.

요양원은 요양을 할 사람이 있어야 할 시설이지 환자가 있기에는 불안하다. 의사가 없기 때문이다. 그런데 1, 2급 판정받은 사람들은 전부 환자이지 요양을 할 사람이 아니다. 그래서 요양원보다 치료비가 조금 더 부담되어도 집 근처인 요양병원으로 일 년 만에 다시 옮겼다. 병원 간병인이 식사를 챙겨 주지만 아내가 입원하고는 내가 매일같이 점심을 손수 챙겨 주었다. 왜냐하면 간병인 혼자 많은 환자를 돌봐야 하기 때문에 한 사람을 위해 오랜 시간을 허비할 수 없어 잘 안 먹으면 금방 치워 버리지 가족처럼 점심시간이 지나도록 먹이지 않기 때문이다.

병상 아내

파뿌리 머리
무말랭이 얼굴
초점 잃은 눈동자
불어터진 예쁜 입술

갈퀴손으로 내손 덥석 잡고
반가워서인지 서러워서인지
소리 내어 운다
뇌경색의 병상 아내가.

바람 빠진 풍선 젖가슴
무겁게 매달린 젖꼭지
명주 살갗에 비친 갈비 뼈
등갈비에 붙은 배 가죽

갈퀴손에 전달되는
사십 여년 쌓은 온정
더 못 준 게 아쉬워서인지
억울해서인지

큰 소리로 또 운다
치매로 병상의 내 아내가.

    오랜 투병 생활에 정신도 오락가락 거동도 못하고 기능이 하나씩 상
실 되더니 음식을 전폐하고 삼 남매 중 차녀 결혼식에 휠체어에 의지
해 참석하고 외손녀 한 명을 겨우 보고는 미혼인 남매를 남겨두고 영
원히 오지 못할 곳으로 떠난 것이다.

빈자리

병상아내 말 거동 못해도
"여보 나 왔어!"하면
눈으로 말하고

"당신 손녀에게 뽀뽀 해야지!"
사진 입에 대 주면 붕어 입으로
뽀뽀하던 자기 없는 빈자리
내 반쪽 사라졌네

여보, 당신, 자기 단어가
새삼 그리워 소리쳐 불러 보지만

허공에 흩어지는 메아리

"아내"란 말만 들어도
눈물이 왈칵 가슴이 먹먹
당신 없는 빈자리는 추억과 원망만

여보! 당신이 그립습니다.

'돌싱' 중에 며느리들에게 존경 받는 것이 많이 부럽고 보기도 좋다. 아직 며느리는 없지만 아들이 있어 희망이 있고 딸들이 많이 챙겨주고 살림 맡아서 해주니 고맙다. '돌싱'들이 공통으로 느끼는 것은 외로움일 것이다. 근자에 전문 기관에서 발표한 통계에 의할 것 같으면 황혼이혼율이 늘기도 했지만 황혼의 결혼식이 증가한 원인은 '황혼 돌싱'들의 외로움을 해결하기위한 방법의 일환일 것이다.

그러나 '황혼 돌싱'들의 결혼은 자녀들의 이해와 재정적인 뒤받침없이는 불가능한 것이다. '황혼 돌싱'들은 대부분 재정적으로 열약하므로 외로움과 건강을 위해서 취미생활에 많은 관심을 가질 필요가 있다.

각 동 주민자치회에서 실시하는 요리강습, 컴퓨터, 외국어, 스포츠댄스, 국악, 노래교실 등 여러 종류가 있으므로 자기 적성에 맞는 것을 선택해 노력해야 한다. 물론 나이가 들어 머리가 핑핑 돌아가지 않고 움직임도 우둔해서 제대로 따라가지 못하지만 꼭 배우겠다는 마음가짐으로 열심히 하다보면 잡념도 사라지고 많은 사람과 대화함으로써 즐거운 시간을 보낼 수 있다.

　나도 건강을 위해 매일 오전에 등산을 하고 오후에는 문학회, 동창회, 동우회 등 각종 모임에 참석해 항상 바빠 외로울 새가 없다. 요즈음은 세월이 너무 빨라 안타깝기 그지없다. 우리 '돌싱'들이여 외롭고 힘들지만 즐겁고 건강하게 살도록 합시다!

나이 값

　　　　　부처님 오신 날이다. 소설가 이승채 선생과 과천종합청사 전철역 3번 출구에서 만났다. 4, 5년 전 초파일에 아기부처님 목욕 예식과 참배를 하고 점심 공양을 했던 "보광사"를 가기 위해서였다. 도로가에 은행나무 잎은 그때처럼 연록이 아닌 푸른색으로 변해있고 전에는 없었던 수국이 한 움큼에 쥐어질만한 하얀 꽃송이를 달고 있었다.

　내 팔을 끼고 걷던 이 선생이 묻는다.

　"김 선생님! 이 꽃을 보면 무엇이 연상되세요?"

　"글쎄! 나는 탐스럽고 복스러운 여인? 이 선생은?"

　"저는요 봉긋한 처녀의 젖가슴!"

　"역시 이 선생은 상상력이 멋져" 하며 길가에 있는 수국의 꽃송이를 손으로 만져보니 내 손 안으로 쏙 들어오고 보드라운 꽃잎이 손바닥을 간질인다. 수국의 향이 손에 묻어나는 듯했다.

　보광사 입구에 다다르니 만개한 아카시아 꽃의 향기와 절에서 번져 나오는 향촉의 향이 후각을 혼란스럽게 한다. 많은 불자들이 행사가 끝났음인지 무리져 나오고 우리와 같이 늦게 찾는 불자들도 몇 명 있었다. 사찰에 들어서니 축원을 비는 오색찬란한 연등이 매달린 채 가득 했다. 극락 보전에는 참배하는 신도들이 대여섯 명이 줄을 서서 대기하고 있었다.

이 선생은 두 시가 넘어서 시장기가 들었는지 "봉축 부처님 오신 날" 어깨띠를 두르고 안내하는 불자에게 묻는다.

"공양은 어디서 합니까?"

"저쪽이요."

경내 입구 한쪽에 천막을 치고 배식하는 곳이 눈에 들어 왔다.

"김 선생님, 공양 먼저 하고 참배하시지요."

이 선생이 앞장 서 걸어가서 나를 앞에 세운다. 서너 명이 줄을 서 있는 신도 뒤에 서 있다가 수저와 대접을 들고 뒤를 따라가며 나물을 받은 다음 보리가 약간 섞인 밥을, 다음은 고추장, 김가루, 참기름을 받은 후, 그릇에 담겨있는 열무 물김치를 하나 들고 천막 밑으로 가서 앉았다. 뒤 따라온 이 선생이 떡봉지를 내민다.

"김 선생님 떡 가져왔어요?"

"아니."

"여기 한 봉지 가져왔어요. 밥 공양하는 사람은 안 주는 거래요 그래서 하나 얻었어요."

이 선생은 내 옆에 와서 앉는다. 둘이는 나물과 밥, 고추장이 골고루 섞이도록 열심히 비볐다. 참기름 냄새에 배에서 꼬르륵하고 어서 들어오라는 신호를 보낸다. 비비다 말고 얼른 한 수저 떠서 입에 넣고 씹었다. 꿀맛이다. 한 그릇을 뚝딱 먹고 나니 이 선생이 봉지에서 쑥을 넣어 만든 쑥절편과 흰 절편을 꺼내서 내게 권한다. 배가 불러 그리 생각은 없지만 쑥절편을 하나 받아 한 입 베어 무니 쑥 향기가 입에 가득하다.

우리는 수많은 연등 밑을 지나 극락보전 옆문으로 들어가 불전함에 보시하고 아기 부처님 목욕예식을 한 다음 참배하는 불자들 사이에 빈 자리를 찾아서 참배하며 '입원해 있는 아내 빨리 쾌차하게 해 주십시오.' 하고 마음속으로 빌었다. 시내로 나온 우리는 저녁을 먹으면서 반주로 소주 한 잔하며 이야기를 나눴다.

"이 선생! 요즈음 미국산 수입 쇠고기에 대해서 어떻게 생각하세요?"

"저는 좀 지나치다고 생각해요 쇠고기를 먹으면 금방 광우병에 걸릴 것 같은 확인되지 않은 논문과 통계, 괴담으로 중고학생들이 촛불시위에 참석 하는 것은…"

"나도 동감입니다 미국산 쇠고기를 먹으면 광우병에 걸린다는 한국 국민의 촛불 시위에 재 미 한인 회장들이 TV에 출연하여 20년 이상 쇠고기를 먹고 미국에서 살았지만 이렇게 건강하다고 하는가 하면 촛불 시위에 참여한 중학생이 난 겨우 열다섯 살인데 광우병에 걸려 삶을 끝내야 하나요, 또 어느 연예인은 쇠고기를 먹느니 청산가리를 먹는다고 끔찍한 말을 하는 실정이니 어서 빨리 국민이 안심하고 먹을 수 있도록 검역과 위생검열을 철저히 해서 사회가 안정되기 바랄 뿐이고요. 이 선생! 요즘 작품은?"

"네 장편 소설을 쓰고 있어요."

"장편! 대단하십니다."

"김 선생님은?"

"나는 집 사람이 쓰러져 병원에 입원시키고는 영 글이 안 써져요."

"참, 사모님의 건강은 좀 어떠세요?"

"매일 점심시간에 점심을 주고 오는데 별로입니다."

"거동은 하시는지요?"

"거동이 뭡니까 대소변 받아내는 실정인데…"

"걱정이 많으시겠습니다. 환경이 그러시니 마음이 안정되지 않아 글 쓰기가 어렵지요. 모쪼록 사모님 쾌차를 빌겠습니다."

"고맙습니다."

우리는 사회 이야기, 문학과 여행에 대한 이야기를 하면서 시간이 오래 되었음을 인식하고 아쉬운 작별을 했다.

밤 9시가 넘었고 휴일인 초파일이라 전철 안은 붐비지 않아 곧바로 자리에 앉을 수 있었다. 내 옆 오른쪽은 대학생으로 보이는 젊은 청년이 책을 보고 있고, 왼쪽은 40대 중반의 여인이 앉아 있었다. 두 정거장 지나 대공원에 도착하니 제법 많은 자리가 비었다. 내 앞 좌석은 중학생 쯤 되는 여학생 두 명이 재잘거리고 있었다.

검은색 줄무늬가 있는 정장에 흰 와이셔츠와 보라색 줄이 대각선으로 그려진 넥타이를 맨 신사 한 사람이 비틀거리며 오르더니 앞좌석에 앉아있는 학생들을 향해 비키라고 손을 휘젓는다. 학생들은 겁에 질린 눈으로 얼른 자리에서 일어나 다른 곳으로 이동한다. 신사는 텅 빈 자리에 두 다리를 쭉 뻗고 벌렁 누워 버린다. 내 옆에 앉아있던 젊은 대학생은 "흥" 하고 코웃음을 한다.

아마도 나이께나 된 사람이 어린 학생들과 많은 승객 앞에서 하는 행동이 못마땅한 것 같았다. 나이 먹은 내가 옆에 앉아 있는 것이 미안하고 죄 지은 느낌이다. 내 옆 왼쪽에 앉아있던 중년 부인도 못마땅한 눈을 신사에게 던지면서 일어나 다른 자리로 옮겨간다. 늙고 남은 빈자리에 새로 탄 승객들이 눈치를 슬슬 보며 앉으니까 미안한 생각이 드는지 다리를 뻗은 채 윗몸만 일으켜 세우고는 횡설수설한다.

"너희들이 미국산 쇠고기를 알아? 맛있다. 한우도 맛있고 없어서 못 먹는다. 그래 데모해야지. 안 그래? 너희들 잘 해야, 해 알 엇 어…"

도대체 무슨 말을 하는지 알아들을 수 없는 소리를 옆 사람 귀에 대고 하니 어이가 없다는 듯이 자리에서 일어나 피해버린다. 큰소리로 떠들다 말고는 휴대폰을 꺼내 전화를 하는 사이에 부부로 보이는 남녀가 타면서 부인은 술 취한 사람 옆에 앉고 남편은 건너편 빈자리에 앉게 되었다. 한 정거장 가는 동안 남편이 앉아있는 옆 자리가 공석이 되자 부인이 남편 옆으로 가서 앉았다. 그 사이에 휴대 전화로 통화를 마친 취객은

"사람이 남이 전화를 걸면 조용히 하는 것이 예의인데 왔다 갔다 하는 것이 말이 되나?"

큰 소리로 떠들고 있다. 안하무인격으로 너무 떠들고 있어 참는데 한계를 느낀 나는 큰 소리로 주의를 줬다.

"좀 조용히 해주세요. 자가용이 아니잖습니까? 그리고 연세도 잡수신 것 같은데 그럼 되겠어요?"

승객들의 눈이 나에게 쏠리고 잘했다는 표시로 고개를 끄덕이는 사람도 있었다. 말을 하면서도 분명히 반항할 것으로 예상했는데 반항은 하지 않고 나를 힐끗 쳐다보더니 목소리가 작아졌다. 아무도 자기 행

동에 탓하는 사람이 없었는데 큰 소리로 조용하라는 말에 일말의 가책을 느낀 것 같다.

우리는 나이에 맞지 않는 행동을 하는 사람에게 "나이 값을 못 한다"는 말을 자주 쓰고 있다. 나이 값이란 어린아이의 나이에는 어린이로서의 행동과 말을, 학생의 나이에는 공부하는 학생으로서의 언행, 학부모의 나이에는 학생을 지도하고 타이르는 모습일 것이다.

나이가 60이 넘은 노인으로서 모두에게 모범이 되고 인격을 갖춘 행동을 보여 주어야 할 것인데도 이렇게 공공장소에서 이치에 맞지 않는 말로 떠드는 모습을 보니 "나이 값 좀 해라"는 말이 딱 어울리는 것 같다. 이러한 행동을 보면서 과연 나도 나이 값을 하는지 반성하고 나이에 맞는 행동을 해야 겠다고 다짐도 했다.

사교춤의 새로운 인식

　　　　　　　국어사전에 의하면 "댄스"라는 말은 고전 독일어의 danson(펴다, 질질 끌다, 끌어당기다.)에서에서 온 단어로 널리 무용, 무도라고도 한다고 나와 있다. 사교춤을 유럽에서는 볼룸댄스라고도 하는데, 루이 왕조시대의 궁중 댄스에서 시작되었다. 그 후 세계 각국의 춤을 모아서 영국 스타일로 정리한 것이 소위 말하는 사교댄스라고 한다. 사교댄스는 오랜 세월이 흐르는 동안에 그 명칭이나 기법은 변하였으나 예의를 중히 여기는 것만은 지금도 변하지 않았다.

　해방 후 우리나라에 들어 온 사교댄스가 좋지 않은 방향으로 흘러 인식이 나빠지고, 사회적으로 불미스럽게 인식되었다. 그 이유나 원인은 어떻든 간에 이제는 댄스를 즐기는 사람이나 그것을 바라보는 사회의 시선이 많이 달라졌다. 일반적으로 추고 있는 댄스에는 모던댄스 종목에는 왈츠, 슬로우, 폭스 트로트, 퀵스텝, 위너왈츠, 라틴 댄스에는 탱고, 룸바, 삼바, 차차차, 자이브, 유행댄스에는 블루스, 지터박(지르박), 스퀘어, 룸바, 디스코 등이다.

2,30대 때부터 춤추는 것을 보면 멋있어 보여 배우고 싶은 충동이 있었지만, 그 시절만 해도 "댄스" 하면 일반 국민들로부터 퇴폐풍조의 하나로 인식되어 음지에서 보급되고 몰지각한 일부 사람들로 인해 가정파탄이 신문지상에 자주 오르곤 했다. 5, 6년 전 지방에서 근무할 때 충청도 면소재지에 댄스 교습소가 생겼으니 이제 댄스가 음지에서 양지로 나온 것이다.

　정년도 2, 3년 남았고 혼자서 자취 생활을 하니 저녁에 시간도 많아 이 기회에 댄스나 배워보자는 생각으로 교습소를 찾아 등록하였다. 춤에 대하여 아는 것이라고는 전해 들은 트로트, 블루스, 지르박 정도일 뿐 박자나 스텝은 전혀 모르는 문외한이었으므로 어느 정도만 할 줄 알면 댄스를 필요로 하는 장소에서 앉아 술만 축내는 일은 없을 것이라 생각했다.

　등록 후 선생님 안내로 홀 안으로 들어가니 넓은 홀 벽에는 큰 거울이 걸려있고 마루 바닥은 반들반들 윤이 나며 얼음판 마냥 미끄러웠다. 경쾌한 음악이 흐르고 선생님이 지르박은 6박자라고 스텝을 밟으며 "하나, 둘, 셋, 넷, 다섯, 여섯" 하며 시범을 보였다. 선생님을 따라 열심히 해 보았지만 보기와 다르게 마음대로 안 되었다. 1개월만 하면 어느 정도 되겠지 하고 느긋하게 마음을 먹고 하루의 교습을 끝냈다. 세상의 모든 일이 계획대로 안 되는 것이 많은가 보다. 이튿 날 직장에 출근해 보니 서울 본사로 인사 발령이 나 있었다. 그래서 벼르고 벼르서 시작한 나의 댄스교습은 하루로 끝을 맺었다.

　정년퇴직 후 직장 선배가 적십자봉사관에서 노인대학을 운영하며 댄스교습도 봉사활동에 겸한다는 소식을 접하고 선배의 배려로 댄스

교습시간에만 참석하여 매주 수요일 12시부터 14시 까지 2시간 씩 배우기로 했다. 첫날 강당에 도착해보니 노인대학 댄스 교습생이 30여명 되는데 남자는 5, 6명이고 나머지는 모두 여자들이었다. 남녀 모두가 나보다 나이가 많아 보였다.

선생님이 카세트 스위치를 누르니 경음악이 흘러나온다. 이것이 블루스 음악입니다. 블루스는 4/4박자이고 슬로우(s)슬로우 퀵(q)퀵이 기본 스탭입니다. 남자는 S에 왼발이 앞으로 여성은 오른발이 뒤로 S 남자는 오른발이 앞으로 여성은 왼발이 뒤로 q남성은 왼발을 약간 왼편으로 벌리고 여성은 오른발을 약간 오른편으로 벌립니다. q남성은 오른발을 왼발에 맞추고 여성은 왼발을 오른발에 맞춥니다. 이것이 블루스의 기본 동작입니다. 선생님의 시범동작이 끝났다. ss, qq, 나도 따라 해 보면서 강당 안을 둘러보았다.

허리가 꾸부정한 사람, 다리가 불편하여 절룩거리는 사람, 뚱뚱하여 자기 몸도 가누기 힘들어 보이는 사람, 나이에 맞지 않게 날씬한 몸매와 교양과 품위가 몸에 밴 사람 등 모두가 선생님의 구령에 따라 열심히 스텝을 밟고 있다. 그러나 남편과 자식들의 뒷바라지에 굳을 대로 굳은 몸과 다리는 마음먹은 대로 되지 않은 듯했다. 왼발이 갈 때 오른발이, 오른발이 갈 때 왼발이 가고 왼쪽으로 가야하는데 오른쪽으로 가고 고개를 숙여 발을 쳐다보는 사람, 한두 명 제외 하고는 자세가 엉망이다. 선생님이 카세트 볼륨을 줄이고 다시 설명했다.

"얼굴을 반듯하게 들고 눈은 수평높이로 하며 가슴은 밀고 나가는 것처럼 걷고 발바닥이 보이지 않게 마루를 스쳐가는 것처럼 내딛고 발이 안쪽으로 스쳐가는 것처럼 지나가야 합니다."

선생님은 직접 시범을 보이고 나서 "허 여사님!" 하고 학생 한 사람을 불렀다. 선생님 앞으로 나온 학생은 날씬한 몸매에 머리칼은 반백이고 곱게 늙은 잔주름에 안경을 끼고 간편한 실내화를 신고 있는 자태는 교양과 겸손함이 몸에 밴 학생이었다. 카세트의 볼륨을 높이고 난 선생님은 학생을 홀드하면서 "여기 보세요, 이것이 홀드의 기본자세입니다." 그리고 선생님과 학생은 리듬에 맞추어 춤을 추기 시작했다.

칠십이 넘은 선생님과 학생의 몸동작은 젊은 커플의 스텝과 다를 바 없었다. 키가 좀 작고 땅땅한 선생님과 날씬한 학생과의 조화는 어울리지 않았지만 선생님의 리드에 따라 움직이는 모습은 내가 보기엔 환상적이었다. 나는 언제나 저렇게 잘 출 수 있을까 하면서 부러운 눈길을 보냈다. 한 곡이 끝났다. 그리고 다시 경음악이 울리면서 남과 여 그리고 여와 여끼리 홀드하여 음악에 따라 넓은 강당에 잔잔한 물결이 일어나고 있었다.

며칠이 지났지만 숫기가 없는 나는 누구에게도 손을 내밀지 못하고 기본 스텝만 밟고 있을 때 "제가 잡아 드릴까요?" 하며 손을 내미는 사람이 있었다. 며칠 전에 선생님과 시범 춤을 추었던 학생 허 여사였다. 지성과 교양이 외모에서 풍겨 나왔다. 나는 엉겁결에 손을 내밀었지만 괜히 가슴이 두근거렸다. 엉거주춤하게 손을 잡고 마주선 나에게 허 여사는 "애인으로 생각하고 몸을 좀 바싹 붙이세요." 하며 엉덩이를 쑥 뺀 나에게 몸을 밀착시키고 가냘프고 부드러운 목소리로 "슬로우 슬로우 퀵퀵" 스텝을 밟았다. 허 여사가 리드하는 대로 따라했지만 마음대로 잘 안 되었다. 발을 맞추다보면 손으로 리드가 안 되고 손에 신경을 쓰다보면 또 발이 안 맞는다. 그래도 열심히 따라 했다.

　얼마를 추웠을까 여사가 스텝을 멈추며 작은 목소리로 "팔이 아파 죽겠어요. 왼팔에 힘을 너무 주어 팔이 아픕니다. 힘을 주지 마세요. 뒤로 갈 때만 미는 시늉만 하고 오른 손은 등 뒤 중앙에서 앞으로 당기고 옆으로 간다는 신호만 해 주세요."라고 하며 옆구리로 가 있는 나의 손을 떼어 등 뒤로 옮겼다. 나는 얼굴이 벌게짐을 느끼며 "예, 예."만으로 답변했다. 허 여사의 특별한 관심과 지도로 다른 사람들과는 잘 안되지만 여사와는 잘 되는 것 같았다.

　2개월여 지났다. 선생님은 종종 우리 두 사람을 불러 시범으로 학생들 앞에서 춤을 추게 하였다. 나는 작은 목소리로 "커터튼, 쓰리스텝, 체크…" 등을 미리 파트너에게 전달하며 리드가 잘 안 되는 것을 커버하며 춤을 추면 주위에서 구경하는 학생들은 "둘은 잘 맞고 잘 춘다."고 쑤군거렸다. 또 몇 명 안 되는 남자 학생들은 자기들은 안 잡아주고 나만을 잡아준다고 질투어린 눈으로 바라보면서 여사에게 불평도 한다고 했다.

　얼마 후에 알았지만 여사는 미국 국적을 갖고 있으며 지금은 일본어 개인 교습을 하면서 여가를 활용해 옛 기억을 더듬으며 배운다고 했다. 미국에는 외손녀가 공부하고 있는데 여사와 같이 있다가 딸과 교대했다며 언제 또 미국에 갈지 모르는 처지라 했다. 우리는 이정도 까지 개인정보를 주고받는 친한 사이가 되었다. 나보다 연세가 많은 여사에게 "누님"이라 부르겠다고 했더니 "누님"이란 말은 거리감을 느끼니 "누나"라고 부르라 했다.

　우리는 누나 동생하며 더욱더 친하게 지냈다. 하루는 누나가 실습을 가자며 버스 정류장에서 만나자고 해서 그 약속 장소에서 만나 모래내 시장 옆 "스포츠댄스"란 조그만 간판이 있는 2층 건물로 올라갔다. 60대 후반쯤 되어 보이는 여자 노인이 앉아 있다가 누나를 보고 반갑게 인사를 했다.

"오랜만에 오셨습니다."

"네 오랜만입니다. 건강하시지요?"

"네, 건강합니다."

누나는 일본어 주부교습생과 몇 번 온 적이 있다고 했다. 나는 미리 알아둔 입장료 2천 원을 지불하고 누나 뒤를 따라 홀 안으로 들어갔다. 넓은 홀 안에 들어서니 60여 명의 남녀가 블루스 음악에 맞추어 스텝을 밟고 있었다. 음악도 카세트 음악과는 다르게 쿵쿵 울리고 샹들리에 불빛도 번쩍번쩍 분위기가 전혀연 달랐다. 우리는 한 구석의 의자에 앉아서 춤추는 한 사람 한사람을 눈여겨 보았다. 남녀 모두가 뚱뚱하고 비대하게 살찐 사람은 눈에 보이지 않았다. 얼굴엔 주름이 많고 머리가 빠지고 하얗게 빛이 바랬지만 모두가 건강이 넘치는 모습이었다. 그중에서 여자 한 분이 눈에 들어 왔다. 머리는 은백색이고 나이는 많아 보였지만 곱게 늙었음을 알 수 있었다. 춤추는 모습을 보고 있는 누나에게 귓속말로 물었다.

"저분은 연세가 많은가 봐요?"

"80이 넘었고 아주 인텔리야, 외국어도 4개 국어나 한대."

"아주 대단한 분이네요."

"그럼! 매일같이 출근하다시피 와서 하루 종일 춤을 추다 가신대."

"그래서 저렇게 건강하시고 얼굴이 밝군요."

블루스 곡이 끝나고 지르박 곡이 흘러 나왔다. 자신도 없고 용기도 나지 않아 망설이고 있는 나를 누나가 손을 잡아끌고 홀 안으로 들어 갔다.

"자, 배운 대로 해봐."

나는 기초 스탭인 앞으로, 뒤로, 좌우회전, 손 바꾸기 등 단조로운 춤을 추다 옆을 보았다. 파트너를 감았다 풀었다 스스로 감았다 풀고 떨어져 회전하다 다시 만나고 다양한 스탭을 밟으며 너무나 신나게 춤을 추고 있었다. 나는 옆 사람에 주눅이 들어 스탭이 엉키고 말았다.

"뭐 하는 거야. 정신을 어디다 두고."

누나의 꾸중이었다.

"미안합니다. 잠깐 쉬었다 해요."

홀 가에 있는 의자에 가서 앉았다. 그리고 명쾌한 스탭과 몸놀림에 넋을 놓고 바라보고 있었다.

이제 댄스는 음지에서 추는 퇴폐 행위가 아니다. 올림픽에서도 시범 종목으로 채택됨은 물론이고 나이 고하를 막론하고 체형을 반듯하게 잡아주고 움직임이 많아 운동 효과도 만점이다. 노인에게는 템포 빠른 스포츠댄스 보다는 사교춤이 안성맞춤이다. 이제 춤의 인식을 새롭게 하고 집에서 잔소리나 하는 노인보다는 교습소에 나가서 또래끼리 운동 삼아 춤추며 건강을 다지고 명랑하고 즐겁게 노후를 보내는 것도 좋을 것이다.

내가 암이란다

2016년 7월 중순경이다. 소변을 보는데 혈뇨가 빨갛게 나와 깜짝 놀랐다. 곧바로 동네 비뇨기과를 찾아가 치료를 받았다. 주사도 맞고 약도 먹었다. 2주쯤 되어서 의사가 "염증은 잡혔는데 혈뇨가 계속 나오니 큰 병원에 가서 CT를 찍고 정밀검사를 하셔야 되겠습니다. 병원을 소개 해드릴까요?" 나는 19년이나 근무했던 서울 적십자병원이 떠올랐다.

"적십자병원 어떻습니까?"

"좋습니다. 그렇게 하십시오."

적십자 병원을 찾아 갔다. 외래 접수 계산하는 창구에서 후배를 만나 내원한 목적을 설명하니 비뇨기과는 오늘 오전엔 수술을 하고 오후에 외래진료 한다면서 병원운영에 대해서 설명했다. 안내, 원무, 행정직도 일부 용역을 주어서 행정을 깊이 아는 사람이 없어 곤란할 때가 있고, 김 부장님 계실 때처럼 우애와 정이 없다고도 했다. 병원은 현대식으로 정리 정돈이 잘 되어 있고 깨끗했다. 특히 눈에 띄는 것은 흰 가운이 아니고 검정색, 핑크색, 흰색 정장을 하고 있으며 환의도 꽃무늬로 바뀌었다. 흰 가운은 쉽게 더러워져서 잘 안 입는다고 했다. 소변검사와 혈액검사를 하고 복부 아래를 X선 촬영하고 CT 촬영 대신 초음파를 예약하고 귀가했다.

예약 일에 초음파실에 갔다. 담당자가 소변이 마려우냐고 물어 아니라고 했다.

"소변이 꽉 찰 때까지 물을 마시고 걸어 다니십시오."

나는 컵을 얻어 한 시간 동안 물을 마시고 걸어 다녀서 겨우 초음파 검사를 했다. 하복부에 유연제를 바르고 마우스를 움직여 촬영을 했다. 그리고 비뇨기과에서 소변 속 시험을 하고 결과를 원장에게 들었다. 비뇨기과 과장이 병원장을 겸직하여 원장이라 부른다.

"방광에 혈뇨가 많은데 그것이 암일 수도 있습니다. 그러니 CT와 방사선 내시경으로 확인해야 합니다."

너무나 충격적인 말이었다.

"암이면 포기하겠습니다."

"암도 수술하고 치료하면 완쾌될 수 있습니다."

"암"이란 말에 기운이 쭉 빠져 귀가했다.

집으로 찾아 온 친구 강 형이 내 얼굴을 보고 위로 하면서 "너무 걱정 말라"면서 자기는 폐에서 조직을 떼 낸 것이 잘못되어 다시 했다면서 작은 희망은 "암"이 아니길 바랄 뿐이라고 했다. 나 역시 CT 방광내시경 결과가 "암"이 아니길 바랄 뿐이었다.

CT 결과는 별 이상이 없다며 결과를 설명하던 원장이 방광내시경을 해야 하니 수납하고 주사 맞고 대기하라고 했다. 방광 내시경실로 안내한 간호사가 말했다.

"아래 바지와 속옷 까지 전부 벗으시고 거기 있는 치마로 갈아입으세요."

옷을 갈아입는 나에게 산부인과 진찰대 같은 의자에 앉으라고 한다.

"엉덩이의 치마를 걷어 올리고 뒤로 누우세요."

그리고 커튼을 치더니 앞치마를 걷어 올리고 성기를 만지며 소독을 하고 수술포를 깔아놓은 느낌이다. 전공의가 들어오더니 "좀 아플 겁니다." 하고 긴 내시경을 넣었다. 통증이 많이 왔다.

"여기는 더 아플 겁니다." 하더니 더 깊이 넣는데 저절로 "악" 하고 소리를 질렀다. 눈을 뜨고 모니터를 보니 원장이 여기저기 비추며 사진을 찍었다.

진찰을 끝내고 원장실에서 설명을 들었다.

"방광 왼쪽에 2mm 정도의 종양이 있어 마취하고 내시경으로 수술해서 종양을 떼어 조직 검사를 해야 합니다."

"그냥 두면 결과는 어떻게 되죠?"

"그런 환자 수술하고 건강하게 잘 사시는 분 많습니다."

10일에 입원해서 11일에 수술하고 16일에 퇴원 예정이라고 했다. 아들이 수술을 하자며 날을 정하고 큰딸, 작은 딸에게 전화로 입원 날짜를 알려준 모양이다. 큰딸 작은 딸에게서 전화가 오고 제주도에 사는 작은 딸은 다음 주에 휴가 내서 상경한다고 했다.

수술 날이다. 수술 환자복으로 갈아입고 수술실로 가는데 아들딸이 따라오면서

"아빠 잘 하고 오세요." 하고 배웅했다. 대기실을 거쳐 수술실로 들

어갔다. 마취의사들이 병상에서 내려 수술대에 누우라고 한했다. 수술 대로 옮기면서 "춥다" 하니 오염 때문이라며 좀 있으면 따뜻할 것이라고 했다. 그리고는 "옆으로 누워 새우등처럼 허리를 굽히세요." 하며 머리를 가슴 쪽으로 누른다.

"척추마취 합니다."

소독약을 바르고 바늘을 꽂는 것 같더니 이내 다리가 저려 온다. 수술 의사들이 다 해 놓았다고 하는 소리를 듣고는 기억이 없다.

병실로 올라왔어도 요도에 삽입한 줄이 달려 있으니 통증이 심하게 온다. 2리터 가량의 병리 식염수와 작은 주사약 두 개가 매달려 있다. 수술한 상처 부위를 염증이 생기지 않도록 계속 씻어 내야 한단다. 요도에 삽입한 요도 줄을 통해 자동으로 소변 통에 소변이 모이게 되는데 이것이 두 시간이면 가득 차기 때문에 쏟아 주어야 한다. 그래서 두 딸과 아들이 교대로 자면서 처리했다.

입원병실은 601호 6인실 창가다. 나의 건너편 병상에는 적십자 총재를 하셨고 ○○당 총재를 지낸 ○○○ 씨다. 나를 안내한 원무과 직원이 치매가 있어 사람을 잘 알아보지 못한다며 인사하려는 나에게 생략하라고 했다. 입원해 일주일간 관찰해 보니 음식도 어느 때는 손수 또는 간병인이 먹여도 준다. 아들들이 광주 부산에서 주말이면 문안 와서 "내가 누구냐? 이름이 뭐냐" 손자와 손녀 이름을 물으며 기억을 상기시키려고 애쓴다.

환자는 밤중이면 "어이" 하고 간병인을 부른다. "오줌 마렵다." 하면 간병인이 소변을 받아준다. 간병인의 말로는 1920년생으로 되어 있는데 1923년생이라 한다. 그러면 94세다. 나는 전 총재님과 마주칠 때마다 머리 숙여 인사만 하고 대화는 하지 않는다. 나를 못 알아보기 때문이다. 전 총재님을 뵙고 느낀 점은 권력, 재력. 명성 모두가 세월과 건강 앞에는 무용지물이다. 건강하고 정신 맑을 때 즐기고 행복을 누려야지 늙고 병들면 모두가 허사다. 아무것도 모르는 어린애 같이 보살핌을 받아야한다.

수술하고 일주일 되는 날 원장이 회진하면서 이따가 소변이 마려우면 외래에 와서 소변 속 검사를 해보고 퇴원을 결정하라고 했다. 외래에서 소변검사하고 방광을 체크했다. 오늘 퇴원하고 일주일 후에 결과 보러 오라고 했다.

퇴원 후 처음으로 병원에 가서 결과를 보는 날이다. 내 생각에는 "양성"이라고 자신했다. 왜냐하면 아프지도 않고 혈뇨도 안 나오고 아무 증상도 없기 때문이다. 그런데 원장의 말은 "예상대로 악성입니다. 관리하고 치료를 잘 해야겠습니다." 하면서 증상을 묻기에 "아무 증상도 없습니다." 하고 자신 있게 말했다. 원장은 전이가 의심되니 MRI를 예약하고 일주일 간격으로 약물 치료를 해야 한다면서 방법은 약물을 방광에 넣고 "엎드려 15분. 오른쪽 옆으로 눕기15분. 똑바로 눕기 15분. 왼쪽으로 눕기 15분. 자세를 변경하여 한 시간. 총 두 차례(두 시간) 하시고 소변 통에 소변을 보시면 됩니다." 이렇게 7회를 해야 한단다.

MRI 예약비 25만 원을 지불하고 귀가하다가 후배를 만나 25만 원 이야기를 했더니 확인 후, 2만 3천 원으로 정정해 주면서 "암 등록이 안 되어서 신청 등록했다고 설명해주니 정말 고마웠다. 내가 '암?' 도저히 실감이 나지 않는다.

"왜 내가 '암'이냐고?"

친구인 강 형이 병원에 갔다 온 나를 집으로 오라고 한다. 나의 결과도 궁금하고 자기의 결과도 알려주고 싶은 심정에서다. 나에게 결과가 어떻게 나왔냐고 묻기에 종양을 제거했으니 관리하고 치료받으면 완쾌될 수 있다고 해서 오늘도 MRI 예약하고 왔다며 내 입으로 차마 "암"이란 말을 하지 못했다. 나는 아직도 양성이라고 믿는다. 아무 증상이 없으니까. 강 형은 "폐암"으로 판정받았다며 방사선 치료를 권하는데 지금 내 체중이 40kg 좀 넘는데 견디기 힘들고 그냥 둬도 2~3년 살 것이고 치료 받아도 2~3년 살 것인데 그냥 약이나 먹으면서 살겠다는 강 형의 각오와 심정을 듣고 나도 2~3년 인생이란 말이냐? 아니다 나는 아직도 할일이 많이 남았다. 여기저기 흩어져있는 작품도 한데 모아 단행본 수필집도 만들어야 하고, 얼마 안 되는 부동산도 처분해서 자식들에게 분배해야 하기 때문이다.

MRI예약한 날이다. 촬영실에 찾아가 촬영기사의 설명대로 내의만 입은 채로 환자복으로 갈아입고 주사를 맞고 MRI 기계 위에 반듯하게 누웠다. 기사가 헤드기어를 씌워주면서 "많이 시끄러울 것입니다." 하고 설명해 준다. 헤드기어에서는 태진아의 "사랑은 아무나 하나"노래가 나온다. 몸이 기계 안으로 들어간다. 눈을 꼭 감았다. 조금 있으니 "웅" 하더니 "따따따"하고 소리가 들린다. 음악 소리는 들리지 않는다. 그러다 소음이 멈추면 음악소리가 들린다. 또 "쿵쿵쿵"하고 소음이 난다. 이렇게 한참 후에 기계에서 몸이 나오기에 "끝났냐?" 물었더니 주사약을 넣고 15분 남았다고 한다. 이렇게 소음 속에서 40분을 견디고 나서 끝이 났다. 이 촬영은 방광 이외에 다른 곳에 전이가 됐나를 알아보는 것이란다.

첫 치료를 받는 날이다. 의사가 방광에 약물을 넣으려고 내시경 검사 때와 같은 방법으로 요도에 호스를 넣는다. 지난 번보다 통증이 약하다. 가장 가는 것으로 했다고 한다. 약물을 넣은 다음 응급실 주사 처치실에 가서 두 시간 동안 몸을 돌려가며 지시대로 치료를 했다.

귀가 해 운동을 하면서 세브란스 병원에서 요즈음 폐암으로 판정받아 자식들 권유로 방사선 치료를 받는 친구 강 형에게 전화했더니 힘든 목소리로 "전화 받기도 힘들어, 그만 끊어"하고는 전화기를 놓았다. 그리고 이틀 만에 며느리에게서 문자메시지가 왔다.

"아저씨 안녕하세요? 저 명지엄마예요 아버님 돌아가셔서 문자 드려요."

가슴이 쿵하고 뭐가 내려앉는 기분이고 가슴이 먹먹했다. 한동안 명한 상태로 있었다. 강 형은 가까운 친구 다섯 명이 한 달에 한 번 만나 돌아가며 점심을 사고 담소하는 모임을 만든 장본이기도 하지만 나와는 매일같이 전화하고 점심도 같이 많이 만들어 먹었다. 특히 남에게 하지 못할 가정사도 서로 의논하고 위로하는 사이였다. 본인의 뜻대로 약물 치료하면 2~3년 살 것 같다던 친구는 일 년도 못 살고 세상을 떠났다. 이제 다섯 명 중에 두 명이 세상을 달리 했다. 이렇게 주위에서 한두 명씩 떠나니 이제 내 차례도 얼마 남지 않은 것 같다.

수술 후 5개월 만에 피, 소변, CT, MRI검사와 종합검사를 보는 날이다. 모니터를 보던 원장이 "이상 없네요." 하는 말에 날아갈 것 같이 기쁘고 내 추측 "양성"이 맞았다고 쾌재를 불렀다. 그런데 원장이 내시경으로 다시 한 번 확인해 보자고 해서 아픔을 참고 견딘 결과, 작은 종양이 생겼다며 수술해야겠다고 했다.

아들 내외가 두 번째 입원 수속을 했다. 입원실은 606호 전부 내과 환자이고 나만 비뇨기과 환자다. 세 명은 장기 입원 환자이고 두 명은 내가 입원 후에 들어 온 환자다. 수술은 익일 10시 예정인데 11시가 넘어서야 수술실로 갔다. 수술하고 병실에 올라와 누우니 양 다리가 저리고 통증이 심했다. 자식들의 말로는 수술이 30분 정도 걸린 간단한 수술인 것 같다고 했다.

두 번째 수술하고 처음으로 병원에 갔다. 원장이 수술 후에 증상을 묻기에 요도가 좀 쓰리고 아프고 혈뇨나 다른 증상은 없다고 하니 1개월 분 약 처방을 해 주고 20일부터 전과 같이 치료를 시작한다고 했다. 내가 병원에서 두 번이나 수술 받았다는 소식을 안 친척들과 지인들은 걱정스러운 말로 "병명이 뭐래?"하고 물으면 "방광에 조그만 종양이 있어 떼어냈는데 5개월 후에 확인했더니 작은 게 또 있어 떼어냈는데 치료하면 낫는대." 하고 대답한다.

나는 '암'이란 말을 절대 안 한다. '암'이라면 '죽을 병' '시한부 인생'으로 측은하고 불쌍하게 생각하는 것이 싫을 뿐 아니라 나는 아직도 '양성'이라고 믿는다. 아무 증상도 없고 잘 먹고 건강하게 매일 운동을 두 시간이상 하고 있으니까. 다만 모임에 나가서 술을 못 먹으니 그것이 좀 불편할 뿐이다. 오늘도 방광에 약을 투입하고 몸 돌리기 두 시간 하는 날이다. "엎드려 15분" "오른 쪽 옆으로 눕기 15분…"

내가 '암'이란다.

바람

　　여느 때와 같이 아침 등산 후 샤워를 하고 60여 종의 화분에 물을 주고 나서 조간신문 정치면을 보고 있다. 국회에서 임동원 통일부장관의 해임 건의안이 가결됨에 따라 후임 인선과 개각의 폭이 설왕설래하는 내용이 지면에 가득하다. 자민련과의 공조의 몫으로 총리직에 있는 이한동 총리의 잔류냐 사퇴냐에 따라 의리 또는 배신이 당리당략에 좌우되고 권력에 맛을 알아 권력 따라 움직이는 철새 정치인들의 보도를 읽으며 개탄하고 있을 때 아내가 방으로 들어오며 말한다.

"김용기가 백련산에서 40대 여자와 바람이 났다네."

나는 너무 황당해 보던 신문을 던졌다.

"뭐라고? 어디에?"

"저기, 종이쪽지에."

"종이쪽지 어디 있어?"

"밖에 있는 쓰레기통에 버렸어요."

"가서 가져와 봐요."

아내는 종이쪽지를 가지러 밖으로 나갔다. 나는 죄나 진 듯 가슴이 두근거렸다. 몇 분 후 아내가 대학노트 두 장을 두 번 접은 종이쪽지를 건넸다.

"이것이 어디에?"

"큰 길에서 우리 집으로 들어오는 입구에 반쯤 펼쳐져 버려져 있고 김용기 당신 이름이 보여 집어서 읽어 보니까 말 같지도 않은 소리기에 쓰레기통에 넣었지요."

얼른 쪽지를 받아 펼쳐 보았다.

"안녕하십니까? 김용기 사모님"으로 시작하여 "…맞나서(만나서) 말씀드려야 할 터인데… 나중에 김 사장과 불미스러운 일이 생길 소지가 많아… 백년산(백련산) 밑에 사는 40대 여자하고 기푼(깊은)사랑에 빠져… 낮에는 야외로 나가 재미보곤 합니다, 여자 집까지 드나들고… 생활비도 최하 백만 원 정도 대 준다느니… 뒤를 잘 미행해서 확실한 증거를 잡아 처리해야지… 야외 갈 때는 여자의 자가용이 있어 자가용으로 갑이다(갑니다)… 중략"

내용을 읽어 보니 철자법도 틀리는 것이 많고 글씨체도 자주 쓰는 사람의 글씨가 아니라 금방 심증 가는 사람과 상대 여인을 짐작할 수 있었다. 그 여인을 만난 지는 4, 5년 되지만 인사를 하고 대화를 나눈 것은 2년 미만일 것이다, 나는 워낙에 숫기가 없어 낯선 사람에게 먼저 말을 잘 못한다, 더군다나 여자일 경우에는 더더욱 말할 것도 없다.

매일 아침 산에서 만나 운동을 하면서도 서로 인사도 없이 각자 운동만 열심히 했다. 그러던 어느 날 아침 그 여인이 사랑한 목소리로 "안녕하세요?"한다. 나도 얼떨결에 "안녕하세요?"하고 인사를 받았다. 그 이후로는 매일 자연스럽게 인사를 하며 지낸다.

어느 날 둘만이 대화할 수 있는 기회가 있어 책 읽기를 좋아하느냐고 물으니 본인은 국문과 출신이라며 아침 운동을 하고나면 특별히 외출할 일이 없으면 집에서 책이나 읽는다고 말했다. 그래서 내가 자문위원으로 있는 문예 계간지 〈뿌리〉를 갖다 주며 문학에 대한 대화도 자연스럽게 나누게 되었다.

하루만 안 보여도 궁금해 다음날 만나 못 온 이유를 서로 물어 보고 못 올 일이 있으면 미리 알려주는 단계에까지 이르렀다.

32년 만에 눈이 많이 온 날이다. 발목까지 올라오는 눈을 밟으며 체력 단련장에 도착하니 꼬마 이 선생과 같이 운동을 하던 여인이 소나무 가지와 솔잎에 쌓인 눈을 가리킨다.

"김 선생님! 어서 오셔요. 이 눈꽃 좀 보세요."

한 폭의 그림 같다며 마냥 즐거운 표정이다. 이 선생도 어서 오셔서 눈 좀 보라며 채근하듯 인사를 한다. 아침에 만나는 사람 중에 이 씨가 두 명이다 한 명은 머리가 하얗게 세어 머리 센 이 선생, 그리고 키가 작은 이 씨는 꼬마 이 선생이라고 여인과 통하는 은어다. 우리 셋은 운동을 끝내고 눈경치에 매료되어 "야! 멋있다. 여기 좀 봐!" "저기는 가지가 부러졌다." 하며 헤매 다녔다.

아직도 어둠이 가시지 않은 새벽에 "야호! 야호!" 소리도 지르고 눈을 좋아하는 강아지 마냥 뛰기도 하던 여인이 별안간 나를 잡고 넘어진다, 불의에 습격을 받은 나는 얼결에 여인의 허리를 잡고 눈 위에 같이 넘어졌다. 넘어진 두 사람은 서로 껴안은 채 서너 바퀴 눈 위로 굴렀다.

두터운 방한복 속에서도 여인의 체취가 풍겨 나왔다. 나는 가슴이 두근거리며 찌르르 하고 전류가 흐르는 느낌이었다.

같이 가던 꼬마 이 선생이 어~어! 이 사람들이 지금 무엇 하냐며 볼멘 어조로 말을 한다. 나는 어색한 몸동작으로 쓰러진 여인에게 손을 내밀어 일으키려고 하는데 여인은 이 선생을 향해 "왜 안 됩니까? 동심으로 돌아가 눈 위를 뒹구는 것이…" 동심으로 돌아간 양 즐거워한다. 그래 동심, 어릴 적에 눈이 오면 아무도 밟지 않은 하얀 눈 위에 발자국으로 글씨도 쓰고 벌렁 누워 두 팔을 벌리고 자화상을 찍던 일, 둥굴레 망굴레하며 옷이 젖어 척척한 것도 모르고 놀던 시절이 파노라마처럼 스쳐간다.

쌍 갈래 길에 이르러 두 사람과 헤어지게 되었다. 나는 아쉬운 마음을 숨기고 "이 선생! 두 분이 손 꼭 잡고 미끄러지지 않도록 잘 가시오." 하고 인사를 했다.

그녀는 산에도 눈[目]이 많고 말도 많다고 불만을 하소연 한다. 아침에 산에 올라올 때면 항상 꼬마 이 선생이 기다리고 있다가 같이 올라오는데 오늘은 산에서 만나 인사하고 지내는 언니가 "산에 오더니 땅꼬마 하나 사귀었어?" 하는데 자존심 상하고 열이나 죽을 뻔했단다.

"꼬마 이 선생은 내 타입이 아니거든요. 나는 좀 핸섬하고 대화가 통해야 하는데 이 선생은 산에 같이 올라오면서도 대화가 서로 통하지 않는데 말입니다. 김 선생이라면 또 모르지만" 하며 나의 얼굴을 쳐다본다.

나는 씩 웃으며 대답했다.

"나는 너무 갈비가 아닙니까?"

"요즈음은 뚱뚱한 사람은 인기가 없습니다, 그리고 김 선생님 하고는 대화가 통하잖아요."

"괜히 비행기 태우는 것 아닙니까 아무 준비도 없어 떨어지면 죽어요."

이때 매일 만나는 사람들이 올라와 이구동성으로 인사를 나눈 후 여인은 다른 곳으로 이동하였다. 나도 운동을 마치고 항상 다니는 등산로를 따라 걸었지만 여인은 만나지 못하였다, 역시 눈이 무섭고 말이 두려운 모양이다.

3월 들어 벚꽃 소식이 남쪽부터 올라오더니 4월에는 여의도 윤중로에 벚꽃이 만개하여 여의나루 전철역과 여의도 일대가 벚꽃 구경 오는 시민들로 인산인해를 이룬다는 매스컴의 소식이 있었다. 그러나 한참 지나서야 백련산의 진달래는 꽃망울을 터뜨리고 피기 시작하였다. 운동을 끝내고 등산로를 걷는데 뒤에서 들려오는 발자국 소리에 돌아보니 그 여인이 따라오고 있었다. 나는 보폭을 줄여 여인과 어깨를 나란히 걷기 시작하였다,

"김 선생님! 자식 필요 없어요." 하며 말을 던진다.

"왜? 무슨 일이 있습니까?"

"글쎄! 며칠 전에 저의 생일이었거든요. 그래서 미국에 있는 자식에게 전화를 걸어 내 생일 언젠지 아느냐고 물으니 엄마는 우리에게 무엇을 해준 게 있다고 그렇게 바라냐고 하는데 기가 막히고 분해서 말문이 막히더군요."

그녀는 울먹이기 일보직전이다.

남자들보다도 운동을 많이 하고 씩씩하고 명랑하던 여인이 이렇게

애처롭고 외로워 보이기는 처음인 것 같다. 나는 포근하게 꼭 껴안고 위로해주고 싶은 충동을 억지로 참으며 옛말에 자식은 품안에 자식이라는 말과 내 품 떠나면 자식도 다 남이라는 말로 위로했다.

"그래요. 그 말이 맞나 봐요. 어릴 적엔 자상하고 나만을 생각하던 아이가 여자 친구가 생기면서부터 많이 변한 것 같아요.

"자식에게 큰 기대 가졌다가는 실망도 크니까 여사께서도 이제는 본인을 위해서 남은 인생 살아갈 준비를 하세요."

여인의 과거를 대화 중에 알게 된 나는 억울해 하고 분해 하는 마음을 누구보다 이해할 수 있었다. 지방 도시 전매소장의 집에서 13살 터울인 오빠 한 명을 둔 외동딸로 태어나 부모님의 귀여움을 독차지함은 물론 이웃과 아버지의 직장에서도 귀여움을 받으며 자랐다. 대학을 졸업하고는 부모의 강력한 권유로 같은 도시에서 양조장, 방앗간 등을 운영하는 지방 유지의 자제와 12살의 나이 차이가 있음에도 23살에 결혼을 하게 되었단다.

남편은 사업을 한다고 외국에 가 있으며 가끔씩 집에 다녀갔다. 그런 가운데 바로 임신하여 연년생으로 아들 딸 남매를 낳아 키우게 되었다 남편은 사업상 외국에서의 생활이 많고 바빠서 집에 자주 못 오는 줄 알았는데 알고 보니 현지에 동거하는 여자가 있다고 했다. 부모보다 오빠가 서둘러 이혼을 하게 되었다. 그래서 27살 나이에 남매를 둔 주부로 이혼을 하게 되었다

결혼 생활은 4년이 되었으나 실제 같이 생활한 기간은 1개월도 되지 않은 처지에 청춘 이혼녀로 두 남매를 키우는데 모든 고난과 어려움을 참으며 온 정성을 다했다.. 물론 친정어머니의 도움이 많았던 것은 기

정사실이다. 아들은 대학을 졸업하고 K은행에 입사하여 잘 다니는 것 같더니 몇 달도 안 돼서 뜬금없이 유학을 간단다. 정부에서는 외환고가 바닥이 나 IMF 체제 하에 달러 환율이 천정부지로 솟은 최악의 조건임에도 불구하고 유학을 보낸 편모의 마음을 이렇게도 몰라주니 억장이 무너지는 심정일 것이다.

"김 선생님 말씀이 맞아요. 자식에게 기대도 말고 나를 위한 일을 해야 되겠어요, 아파트도 임대로 바꾸고 차도 경유차로 바꿔 나를 위한 투자를 해야 되겠어요"

"잘 생각하셨네요. 그리고 마음을 편히 갖고 생활하며 건강을 위한 운동도 열심히 하십시오."

밤나무골 오솔길을 접어드니 군락을 이루고 핀 진달래꽃이 발길을 멈추게 했다. 나는 여인을 향해 저 꽃 좀 보라며 여인의 장갑 낀 손을 잡아끌며 진달래가 만발한 꽃 사이에 세워놓고 사진 찍는 시늉을 했다. 여사의 아름다움에 꽃의 빛깔이 퇴색된다는 농담을 건넸더니, 여인이 웃으며 쫓아와 사진 찍는 시늉한 나를 때리며 "으~응 엉터리" 응석어린 말투로 즐거운 표정이다.

"그래요. 그렇게 웃어야 더 예쁩니다."

우울하고 침울했던 아침 기분을 이렇게 털어버린 날이다.

나는 아내가 대수롭지 않게 생각하며 쓰레기통에 버렸다 찾아오는 행동에 의아해 하며, 당신은 아무렇지도 않느냐고 물었다.

"한 번 야외에 나가면 이십만 원이나 쓰고 생활비를 백만 원씩이나 대 준다니 백수인 당신이 무슨 능력이 있다고 믿겠어요."

하며 금전적으로 도저히 있을 수 없는 실정을 잘 아는 아내는 거짓말로 간주하고 있는 듯 했다.

다음 날 새벽에 체력 단련장에 도착하니 심증 가는 남자와 여인, 그리고 그 시간에 만나는 사람들이 운동을 하고 있었다. 나는 조금 흥분된 어조로 말했다.

"여기에 있는 사람 중에 이렇게 편지를 써서 우리 집사람에게 보내는 아주 저질인 사람이 있어요."

운동을 하던 사람들 중, 산을 매일 2~3번씩 오르내리는 분이 운동을 하다 말고, 무슨 말이냐고 물었다. 나는 심증 가는 사람이 들으라고 좀 큰 소리로 답했다.

"내가 백련산에서 40대 여인과 바람이 나서 매일 산에서 만나고 낮에는 따로 만나 여인의 승용차로 야외로 나가 재미도 보고 생활비도 백만 원씩 대 준다고 이렇게 썼습니다."

"내 신세가 되었군요. 전에 나도 누가 우리 집사람에게 산에서 여자를 만난다고 허위 고자질을 하여 한참 애 먹은 적이 있었습니다. 가정불화를 만드는 나쁜 사람들이 있다니까요."

나는 의기양양해서 편지를 흔들었다.

"이 편지의 글씨를 감정하면 금방 붙잡아 무고와 명예 훼손으로 고소할 수 있지만 똑같은 사람 되기는 싫습니다."

운동하던 사람들이 한 마디씩 한다.

"별 나쁜 놈이 다 있군."

"그런 사람은 산에 오지 못하게 하고 혼 한 번 내야 하는데…"

여인이 운동을 하다 말고 내 옆으로 바싹 오더니 흥분되고 떨리는 목소리로 말한다.

"그거 뻔하네요. 김 선생 이름과 나에 대해서 아는 사람이 누구겠습니까?"

한 귀퉁이에서 맨손 체조를 하던 심증 가는 그 사람이 작은 목소리로 대꾸한다.

"이름 아는 사람은 난데. 그럼 필적 감정해 봐요."

여인은 목소리를 높인다.

"김 선생님! 필적 감정해서 무식하고 저질인 사람을 밝혀야 합니다. 그런 놈은 제가 잘나고 똑똑한지 아는데 불학무식한 놈이라니까요."

"말 함부로 하지 마시오, 혼나는 수가 있으니까."

심증 가는 사람이 말을 받는다.

"도둑놈이 제발 저리다고 양심에 가책이 됩니까? 어느 누구도 관심이 없는데 왜 나서서 야단입니까?"

"……"

운동을 하던 사람들도 하나 둘 다른 곳으로 이동하고 심증이 가는 사람도 슬그머니 자리를 피했다. 나는 여인과 등산로를 걸으며 꼬마 이 선생이 틀림없다고 믿었다.

"그 꼬마가 우리 집 수리하는데 집도 와 봤고, 내가 자가용 있는 것도 본 사람은 꼬마 뿐이예요."

"나도 산에서 통성명한 사람이 꼬마 이 선생이고 집의 위치도 가르쳐 주었지."

"맞아요, 틀림없다니까요. 참 지금 말하지만 그 꼬마 이 씨가 만나기만 하면 밥 한번 같이 먹자고 하는 것도 응하지 않았고 언젠가는 내가 여행 간다니까 돈 이만 원을 손에 쥐어 주기에 되돌려 준적도 있어요.

내가 밥 한 번 같이 먹고 데이트하고 이만 원이라도 받았으면 지금 어떤 사건이 일어났을지 짐작이 갑니다. 내가 사람을 보기는 좀 본다니까요. 처음부터 아니라고 판단하고 단호하게 거절하고 경계를 했으니까요."

여섯 시가 되니 사위가 밝아져 글씨를 읽을 수 있어 등산로 옆에 있는 벤치로 가 앉으며 주머니에서 편지를 꺼냈다.

"이 편지를 보세요,. 글씨도 많이 써 본 사람이 아니고 문법도 많이 틀려 있습니다."

편지를 받아 든 여인은 눈으로 편지 내용을 확인했다.

"우리 두 사람을 너무 잘 아는군요. 여관에 가고, 생활비 백만 원이나? 정말 억울하네요, 데이트 한 번도 못해 본 주제에 이러한 모함을 당하다니, 참! 사모님께서는 뭐라 하십니까?"

"집 사람은 내용을 보고 믿지는 않는 것 같았어요, 그리고 나더러 그 사람 만나서 술이나 한 잔 사 주라고 하던데요."

"웬 술을 사 주라고 하십니까?"

"동네에 쓸데없는 소문이 나면 창피하다나요."

"다행입니다. 사모님이 그렇게 이해하시니 만약에 이해 못 하시면 가정불화입니다. 정말로 천만다행입니다."

여인은 편지를 돌려주며 말을 잇는다.

"잘 보관하세요. 나중에 무슨 일이 있을지 모르니까요."

오늘 아침 등산은 이렇게 끝났다.

투서 건 후 첫날 대화하고 삼일 만에 여인을 만나 반가웠다. 심증 가는 꼬마 이 씨도 그날 이후 계속 보이지 않아 알아보니 일찍 다녀간다고 했다. 운동을 끝내고 등산로를 같이 걸으며 궁금한 내가 입을 열었다.

"강릉댁! 충격이 심했던 것 같습니다 이틀이나 안 뵈어 걱정이 많이 했어요. 괜히 나 때문에…"

"아닙니다. 고향 강릉에 결혼식이 있어서 갔다가 왔습니다. 김 선생님이 무슨 잘못이 있어요. 저질인 꼬마가 문제지요."

이 씨라는 존칭어도 떼어 버리고 꼬마라고 말하는 여인의 심정이 어느 정도 이해되었다.

"강릉댁! 내가 이 일을 주위 사람들에게 이야기했더니 사회의 모든 사건이 십중팔구는 저질인 사람이 저지른다고 하며 너무 몰아세우지 말라고 하데요, 강릉댁도 꼬마 이 씨에게 너무 심한 말 하지 말아요. 새벽 등산하는데 무슨 일을 저지를지도 모르잖아요. 몸조심해야 돼요."

"김 선생님 말씀 들어보니 정말 조심해야겠습니다."

서로 몸조심을 당부하고 헤어져 하산했다.

미국이 공격당했다는 신문 1면 대서특필과 뉴욕 110층 무역센터 두 동이 비행기 자살 공격으로 붕괴, 워싱턴 펜타곤 국방부도 동시 테러… 화염에 휩싸여… 전 미군에 최고 수준의 경계령 등 테러 사건을 다루고 테러들의 공격으로 화염에 쌓인 쌍둥이 빌딩이 무너져 내리고 주변 사람들이 먼지와 화염을 헤치고 안전지대로 대피하는 사진들이 신문 7면을 할애하여 다루고 있었다. 미국은 범인이 밝혀지는 즉시 전면 보복한다고 하니 전쟁이 멀지 않았음을 예고했다.

그러나 전쟁은 우리 집에서 발발했다. 하산하여 대로를 따라 귀가 중인데 평일 같으면 아직도 잠자리에서 일어나지 않았을 아내가 얼굴이

상기된 채, 건널목을 건너오는 나를 보고 빠른 어조로 "무슨 등산을 새벽 네 시부터 몇 시간을 하느냐?"며 따지며 덤벼든다. 영문을 모르는 나는 당황하여 빠른 걸음으로 집을 향해 걸었다.

"언제나 이 시간인데…"

"뭐가 이 시간이야. 그 여자와 지금까지 돌아다니다가 이제 오는 것 아니야?"

말투가 트집을 잡는 표현이다. 내가 산에 간 사이에 도둑 아니면 수도 또는 보일러 고장으로 아내의 심기가 불편한 것이 아닌가 생각하며 집에 도착해 보니 상황이 완전히 달랐다. 출근 준비를 하던 큰 딸과 작은 딸이 이구동성으로 의심의 눈길을 보낸다.

"아빠는……"

왜냐고 묻는 나를 뒤따라 온 아내가 말했다.

"내일부터 산에 가지 마."

"왜? 내가 산에서 나쁜 짓이라도 했나?"

"누가 알아? 믿을 수 없으니 가지 마."

얼굴색이 변하며 손을 파르르 떤다. 아내는 환자다. 혈압이 높아 십여 년간 약을 복용하고 어지럼 증세도 있어 잘 걷지도 못해 주기적으로 침도 맞으러 다닌다. 나는 아내가 쓰러질까 겁이 덜컥 났다.

"알았어, 내일부터 안 갈게."

늦게 안 일이지만 내가 산에 간 사이에 꼬마 이 씨가 집으로 전화를 해, 김 사장이 지금 산에서 그 여자와 무슨 짓을 하는지 아느냐? 돈을 아끼지 말고 뒤를 밟아보라는 등, 등산 코스까지 알려 주는 친절을 베풀었단다. 아내는 처음엔 믿지 않았으나 매일 전화를 받다보니 의심이 가고 이제는 확신을 하는 것 같은 행동이다. 나는 너무 억울했다.

"산에 몇십 년 다니면 자주 만나는 사람과 인사도 하고 시간이 맞으면 등산 코스를 같이 걸을 수도 있어."

"의심이 가는 행동을 했으니 그런 투서가 오는 것 아니야!"

내 말은 믿으려 하지 않는다. 거머리라 속을 뒤집어 보일 수도 없고 정말로 답답한 노릇이다. 아내의 분노한 마음을 풀 수 있는 방법은 투서한 자와 상대 여인과의 대면이겠지만 투서한 자도 심증은 가지만 물증이 없고 상대 여인은 억울하여 분노하고 심기가 불편한데 아내와의 대면은 불 보듯 뻔한 일이다. 나는 생각다 못해 전화기 앞에 카세트 녹음기를 갖다 놓고 전화 오는 것을 녹음하여 물증을 확보코자 하였다. 산에를 가지 못하니 새벽 네 시부터 일곱 시까지 전화기 앞에서 전화 오기만 기다렸다. 삼 일째 되던 날 반갑게 전화벨이 울려 큰 딸에게 눈짓으로 받으라고 했다. 큰 딸이 전화기를 들고 "여보세요!"를 두세 번 물었으나 말없이 끊어 버렸다. 집안 분위기는 엉망이다.

어떡하든 결백을 증명해야만 될 것으로 판단하여 ○○경찰서 형사소송 민원 담당관을 찾아 갔다. 담당관은 재직 시절에 가깝게 지낸 자로 그도 정년퇴임하고 지금 민원실에서 봉사하고 있는 것이다. 나의 전 후 사정을 듣고 난 담당관은 웃으며 말한다.

"김 형은 아직 인기가 있군. 흐흐 난 집사람이 신경도 안 쓰는데…"

나는 정색을 하며 웃을 일이 아니니, 심증이 가는 놈을 잡아넣어 나의 결백을 증명해야 한다고 말했다.

"증거가 없잖아."

"여기 투서 편지가…"

"편지의 필적 감정을 하려면 고소를 해야 하는데 만약에 아닐 시에는 무고죄로 뒤집어쓰니 증거를 가져야 된다니까."

꼬마 이 씨의 행동과 상황으로 심증은 가지만 물적 증거가 없어 답답했다. 담당관은 내가 전화 목소리를 들으면 확인할 수 있다는 말을 듣고 물적 증거로 전화하는 것을 녹음해 가지고 오면 처리해준다며 친절하게도 방법을 가르쳐주었다. 해당 전화국에 찾아가 '발신자 전화번호 확인' 신청을 하면 전화 건 발신자의 목소리를 들을 수 있을 것이라고 했다.

나는 전화국을 찾아가 문의하니 지난 것은 알 수 없고 전화내용을 적어 신청하면 1개월간 사용이 가능하고 요금은 이천 원으로 전화요금 청구 시에 부과되고 무선 전화기에서 발신한 것은 확인이 불가능하다고 설명했다. 서류를 작성해 신청하고 집으로 와 온 식구가 모인 저녁상 앞에서 내가 오늘 행한 결과와 전화 받는 방법을 설명했다. 전화가 걸려 와 상대가 확인될 경우 통화 중에 후크 스위치를 살짝 0.5초 누르고 통화 후, 수화기를 제자리에 올려놓은 다음 다시 수화기를 들고 155번을 누르면 전화번호 통화 일시 등으로 자동 안내된다는 내용이었다. 몇 번씩 반복하여 전화기를 들고 설명해주었다. 아내는 관심이 없는 듯 뒷전에 있으면서도 고개를 빼고 방법을 익히고 있는 듯했다. 그리고 결백을 증명하려는 적극적인 나의 행동이 어느 정도 믿음이 가는 눈치다.

10일이 지나갔다. 전화도 오지 않고 산에도 못 가니 신체 리듬이 깨져 전신이 쑤시고 아프며 소화도 안 된다. 몇 번이나 망설이다가 TV를 보고 있는 아내 곁으로 다가갔다.

"운동을 안 하니 온 몸이 아프고 소화도 안 되니 백련산이 아닌 증산 동 봉산으로 다니면 어때?"

"그 여자를 그 곳으로 부르면 마찬가지 아니야. 안 되지, 안 돼."

"그럼 나는 운동도 못하고 꼼짝 말고 집에만 있으란 말이야?"

"그럼 마누라하고 시간 좀 늦게 다니면 안 되나?"

"당신이 다닐 수 있다면, 좋아 그렇게 할게."

"산에 가다 죽어도 좋으니 같이 가!"

이렇게 나의 바람은 미풍으로 끝나고 매일 새벽 아내 손을 잡고 땀을 흘리며 백련산을 오른다.

1969년 모내기가 끝나고 물이 한참 필요한 6월 하순경이었다. 비가 오지 않아 저수지의 물도 줄어 예전에 들어나지 않았던 지면이 나오고 고기도 몰려 낚시가 잘 된다는 소문에 백학저수지에는 낚시꾼들로 북적이고 있었다. 사단 본부에서 참모가 사단 사령부 참모들과 낚시를 함께 가니 떡밥과 지렁이를 준비하고 대기하였다가 도와주라는 연락이 왔다. 좀 늦게 도착한 보안대장과 참모와 동행하여 낚시터로 갔다. 먼저 온 다른 참모들이 자리를 잡고 낚시 준비를 하고 있었다. 나와 파견대장은 낚시장소를 만들고 낚싯대에 낚싯줄을 정리하고 있을 때 '쾅' 소리와 '아—악' 하는 비명소리가 들렸다.

소리 난 곳을 바라보니 나에게서 약 2m 떨어진 곳에서 사병 한 명이 발목이 잘린 채 우측 다리를 흔들며 비명을 지르고 있었다.

제2부

시치미

시치미

　　　　　　내가 사는 동 이름이 응암동이다. 한문으로
매 응鷹, 바위 암巖을 쓴다. 응암동의 변천사는 조선시대 한성 북부 연
은방[城外] 말흘산계末屹山契에 응암동이라는 동명으로 포반동砲半洞,
일명 포수동, 와산동臥山洞과 함께 속하였다. 이들 3개 동리는 1911년
4월, 경성부 5부部 8면面으로 편재 되면서 은평면에 속하게 되었다가
이후 1914년 4월 1일 은평면 지역이 경기도 고양군으로 편입되어 3개
동리가 합하여 응암리가 됨으로써 현재의 응암동의 범위가 형성되었
다.

　해방 후 이 지역은 1949년 8월 3일에 공포한 대통령령 제159호에 따
라 동년 8월 14일 서울에 편입되어 서대문구 관내 은평 출장소의 관할
이 되었으며 1950년 3월 15일에 시 조례 제10호에 의해 서울시 동리
이름을 개정 하면서 응암동으로 바뀌었다.

　응암이라는 유래는 『연산군일기』 10월 6일 계해 조 기사를 보면 이
곳 응암 일대가 연산군의 사냥터인 금표 안에 들어 있다. 금표禁標란

연산군 때에 일반의 출입을 금하기 위하여 세운 비석인데 당시 금표 구역은 지금의 고양시, 양주군, 포천군, 남양주시, 광주군, 구리시, 김포시 등이 포함되어 있다.

연산군 12년 7월 25일 '임인' 일조 기사에 의하면 왕이 백련사白蓮寺: 처음 이름은 정토에서 사냥한 기록이 있고 '군중실록' 중종 1년 9월 2일 '무인' 일조 기사에 의하면 연산군은 후원에 응준방鷹準坊을 두고 팔도의 매와 개 및 진귀한 새와 기피한 짐승을 샅샅이 찾아 모두 가져오게 하였으며 사나운 짐승을 생포하여 압송해 와서 우리에서 키웠다. 선릉, 광릉, 창릉昌陵:서오릉에 예종릉에 무시로 가서 사냥하였음을 알 수 있고 중종도 이 일대에서 사냥을 하였음을 알 수 있다.

사냥은 매를 날려 사냥함이 많았다. 매는 만주 시베리아에서 겨울에 한반도에 날아오는 새다. 사냥으로 쓸 매는 그물로 잡는다. 이것을 "매를 받는다."라고 표현한다. 사냥매의 종류에는 일년생 신출내기는 '보라매', 몇 년 된 묵은 매는 '산진이'라 부르고 '산진이'의 구별 방법은 눈동자가 붉은 것으로 알 수 있다고 한다. 매의 훈련 시에는 매가 한 번 놀라면 길들이기가 어렵고 주인과 항상 같이 있어야 하고 꿩 사냥을 할 때에는 배가 부르면 도망가 버리기 때문에 음식 조절이 필요하다고 한다. 매는 9살까지 산다.

기르는 매는 주인의 주소와 이름을 적어 꼬리 위 털 속에 매어 단 것을 '시치미'라 하고 매를 잃어 다른 사람의 손에 잡혔다가도 주소와 이름을 확인하고 주인에게 돌려주는 것이 상례인데 간혹 '시치미'를 떼고 자기 것으로 만드는 사람도 있다. 그래서 알면서도 모르는 척하는 말이나 짓을 '시치미 뗀다'라고 유래되었다고 한다.

이러한 향토의 유래를 기억하고 기리며 매의 날렵함과 용맹한 기상을 본받고 지역 구민의 번영과 건강, 단합을 기원하고자 하는 의미로 조희준 전 시의원이며 현 명예회장을 주축으로 지역주민 몇 인이 개인 사비를 털어 역사적인 매 바위가 지역 개발로 없어지는 것을 안타깝게 생각하여 1978년 7월 30일 백련산 정상 주변에 있는 바위를 '매바위'라 명명하고 '매바위회'를 조직 오늘에 이르렀다.

회원을 40명으로 한정하고 내년이면 30주년을 맞으며 은평구의 행사로 자리매김 했을 뿐 아니라 서울 정도 600년 캡슐에도 향토문화 축제로 소개했고, 목적이 향토문화 계승과 지역 주민의 화합, 건강증진을 강조함에 많은 주민이 회원 되기를 원해 구민회 현 회장이 회원의 정원을 50명으로 증원하여 훌륭한 주민들이 참여할 수 있도록 적극 추진하고 있다. 행사는 매해 10월 첫째 일요일에 지역 국회의원, 구청장, 시구의원과 인근 서대문구 국회의원과 유지들도 참석하여 격려사와 축사를 해주고 은평구와 서대문구 주민들이 많이 참석하여 '평화통일 기원과 매바위 축제'를 축하해준다. 행사가 끝나면 회원들의 회비와 찬조금으로 떡과 고기, 술 등의 음식을 대접하고 회비가 여유가 있을 시에는 기념품도 만들어 선물해 주기도 한다.

행사 때마다 있는 일이지만 전년 보다 음식도 많이 하고 선물도 부족하지 않도록 만들어 나누어 주는데도 항상 모자라고 부족하다. 이는 주민들 중에 선물을 받고도 '시치미'를 떼고 다시 받아가기 때문이라며 받지 못해 불만인 주민들도 있다. 그래서 앞으로는 '시치미'를 떼지 못하도록 분배 방법도 연구하여 주민에게 골고루 돌아가도록 하여야 할 뿐 아니라 향토문화 발전에도 더욱 관심을 가져야 할 것이다

설화를 찾아서

아침부터 비가 오락가락하여 기분은 상쾌하지 않지만 경북 영주에 있는 부석사 관광을 위해 준비해 놓은 배낭을 메고 전철을 타고 서초 구민회관 앞으로 갔다. 동우회 김규 회장과 먼저 온 회원들에게 반갑게 인사를 나눈 후, 줄을 서 대기한 관광버스 중 우리가 탈 버스를 찾는데 동우회 김충진 사무국장이 도착했다.

"버스가 아직 안 온 모양이군."

참석자 명단을 나에게 건네며 나더러 회비 좀 받아 달라고 한다.

"젊은 사람들도 많은데, 그리고 돋보기도 안 가져와 잘 보이지도 않는데…"

"그래도 김 형이 회원들을 많이 알잖아 수고스럽지만…"

명단을 받아들고 눈을 찡그리며 들여다보는 눈앞으로 안경을 쑥 들이미는 동료가 있어 고개를 들고 쳐다보니 김수완 회원이었다. 고맙다고 목 인사를 하고 전에 같이 일했던 염순옥 회원에게 내가 체크하는 사람에게 회비를 받으라고 협조를 요청했다. 급한 일로 참석 못한 회원 5명을 제외 하고는 45명이 탑승한 버스는 목적지를 향해 출발했다.

사무국장의 일정 소개와 회장의 인사말씀과 부석사의 전설도 간단하게 설명해 주었다. 여자 회원들은 준비해온 떡과 과일을 회원들에게 배분해 주느라 분주하고 오랜만에 만난 동료들 간에 대화로 버스 안은 화기애애한 분위기로 가득 찼다. 꾹꾹 참았던 비는 달리는 버스 와이퍼를 빠르게 움직이고 있다.

누군가 밖을 내다보고 걱정하는 말을 꺼낸다.

"오늘 계속 비 오는 것 아냐?"

사무국장이 대답했다.

"괜찮을 것입니다. 남쪽에는 안 온다고 했으니까요"

"그럼 다행이고."

비가 그쳤다 다시 오기를 반복하며 소수서원에 도착했다 비는 멎었으나 찌푸린 하늘은 언제 또 비가 올지 예상하기 어려운 날씨였다. 매표소를 지나 10여 미터 가니 500년 된 은행나무 두 그루가 있는데 은행잎은 다 떨어지고 노란 은행 알이 바람에 달랑거리고 있었다.

누군가 우스개 소리를 던진다.

"은행 털지 마, 은행 털면 강도야!"

"맞다, 은행엔 돈이 많으니까."

늦게 이해한 동료들이 따라 웃는다.

"은행을 털지 말고 따야 하는군."

소수서원은 사적 제55호로 경북 영주시 순흥면 내죽리에 있는 한국 최초의 서원이다. 중종 37년에 풍기군수 주세붕周世鵬이 고려 유현儒賢 안향安珦 사묘祠廟를 세우고, 다음 해에 학사學舍를 이건移建하여 백운동 서원을 설립한 것이 이 서원의 기초였다.

그후 성종39년에 여기에 안축安軸 안보安輔를 인조11년에는 주세붕을 추배追配 명종5년 이 황이 풍기군수로 부임해 와서 조정에 상주하여 소수서원이라는 사액賜額과 사서오경四書伍經 성리대전性理大全 등의 내사內賜를 받게 되어 최초의 사액 서원이자 공인된 사학私學이 되었다.

고종8년 대원군이 서원 철패 시에도 철패를 면한 47서원 중 하나다. 서원의 건물로는 명종의 친필로 된 '소수서원'이란 편액이 걸린 강당 그 뒤에는 안과 밖을 곧고 바르게 하라는 직방제直方齊, 나날이 새로워 지라는 일신제日新齊, 동쪽에는 배움의 깊이를 더하면 즐겁다는 지락제至樂齊, 동 북쪽에는 학문을 구한다는 학구제學求齊 등이 있고 기숙사는 3간 건물로 '공工'자로 지었고 원장이나 교수들이 거주하는 양재가보다 모두 낮게 지어서 건물 자체로서도 신분을 가늠하게 하였다.

참았던 비가 또 내린다. 서둘러 소수서원을 나온 나는 이차선 도로를 건너 100여 미터쯤에 있는 금성단을 향해 부지런히 걸었다. 금성단은 세조2년 성삼문 등 사육신의 단종 복위 운동에 연루되어 순흥에 위리 안치되어 있던 세종의 여섯 째 아들 금성대군이 순흥 부사 및 향중 유림과 더불어 단종의 복위를 도모하다 실패하여 순절하자 그들의 넋을 기리기 위하여 만들어진 제단이다. 오른쪽 가옥은 제사에 쓰는 물건을 보관하는 집이고 왼쪽 가옥은 제단 관리인이 살았던 집인 듯 현재에도 우편함 및 사람이 기거하는 흔적이 있다. 좀 더 들어가니 제단과 순의비가 질금거리는 비를 맞고 초라하게 서 있다. 생각했던 것보다 왜소하고 쓸쓸해 보임은 찾는 이들의 마음을 착잡하게 했다

나를 기다리고 있던 관광차에 오르니 곧바로 부석사를 향해 출발했다. 부석사는 경북 영주시 부석면 북지리 봉황산 중턱에 위치한 절로 우리나라 화엄종의 근본 도량이다. 신라무왕 16년(576년) 의상 조사가 왕의 명을 받아 창건하고 화엄의 대교를 펴던 곳으로 이곳에 창건에 얽힌 의상대사와 선묘善妙 아가씨의 애틋한 사랑 설화의 이야기는 의상대사가 신유식新唯識을 배우기 위해 중국으로 가던 중, 동주의 한 신도 집에서 머물게 되었다. 37세의 장년의 의상을 본 선묘는 몸을 단정히 하고 의상을 유혹하였으나 의상의 마음이 돌과 같이 움직이지 않자 선묘는 도심을 일으켜 의상을 스승삼아 귀명할 것을 맹세하였다.

의상이 당에 머문 10년 동안 단월檀越로서 공양을 계속하였다. 의상이 동주에서 신라로 귀국 할 때에도 선묘는 법복이며 일용품을 준비한 상자를 의상에게 직접 전하고자 하였으나 뜻을 이루지 못하였다. 선묘는 주문을 외우고 바다에 물건을 던져 의상의 배에 이르게 하였고, 이어 자신도 바다에 몸을 던져 용으로 몸을 바꾸어 대사의 뱃길을 지켰다. 귀국한 뒤에도 그의 전법傳法을 도왔다. 의상이 부석사에 도착 하였을 때 소승 잡배들이 먼저 자리를 잡고 있었는데 선묘가 사방 십리 넓이의 대반석大磐石으로 변해 공중으로 날아올라 이들을 쫓아내고 의상대사를 수호하였다. 의상은 드디어 이 절에 들어가 겨울에는 양지 바른 곳에서 여름에는 그늘에서 화엄경을 강의하였는데 많은 사람이 부르지 않아도 스스로 모여 들었다고 한다. 선묘각의 탱화는 중국 여인이다.

부석사 무량수전無量壽殿은 단청이 안 됐을 뿐 아니라 국보 45호 소조여래좌상은 석가모니불이면서 항마 촉지인을 취하고 있고 불상 뒤에는 광배가 당초문과 화염문이 화려하게 조각되어 있어 불상의 위엄을 강조할 뿐 아니라 고려시대의 정교한 미술의 단면을 보여 준다. 그리고 다른 절과 달리 양 옆에 불상이 없고 건물은 남향인데 소조여래상은 동쪽을 향하고 있다. 소조여래상은 흙으로 만든 국내 최고 최대 소조 불이다. 일행 중 불교 신도들은 법당으로 들어가 참배하는데 나는 불심이 부족함인지 쑥스러워 참배를 하지 못했다.

선묘가 사방 십 리의 대반석으로 변하여 소승 잡배를 쫓아냈다는 부석은 사방 십 미터도 안 되는 돌이다. 그 앞에서, 윗돌이 아랫돌에 떠 있어 끈을 넣으면 거침없이 드나든다는 사람과 보다시피 어디 틈이 보이느냐는 사람들이 오신각신한다.

일행 중 원로 오봉렬(83세) 회원은 틈이 있다고 증언한다.

"예전에 내가 왔을 적에 같이 온 친구가 넥타이를 넣어서 걸림 없이 뺏거든…"

바위가 떠 있다고 주장하고 젊은 회원들은 아무리 보아도 바위가 떠 있지 않다 하고, 옆에서 듣고 있던 회원이 불심이 강한 사람이 하면 걸리지 않고 빠져 나오고 불심이 약한 사람이 하면 안 된다고 말하니 이구동성으로 그 말이 정답이라고 훈수한다.

조사당에 자라고 있는 선비화는 의상대사가 꽂은 지팡이가 나무로 변했다는 전설은 지팡이에서 자란 나무는 햇빛과 달빛은 받으나 비와 이슬에는 젖지 않는다고 한다. 늘 지붕 밑에 있어서 지붕을 뚫지 아니하고 겨우 한길 남짓한 것이 천년을 지나도록 똑같다. 광해군 때 경상감사 정조가 절에 와서 이 나무를 보고 "선인이 짚었던 것이니 나도 지팡이를 만들고 싶다"고 하면서 톱으로 잘라 가지고 갔다. 그러나 나무는 곧 두 줄기가 다시 뻗어나고 전처럼 자랐다. 인조 계해년에 정조는 역적으로 몰려 참형 당했다. 나무는 지금도 사시사철 푸르며 잎이 지는 일이 없어 스님들은 비선화飛仙花樹라 부른다. 많은 보물과 설화가 있는 부석사를 인상 깊게 구경하고 순흥묵밥집에서 묵밥과 조껍데기 막걸리로 허기진 배를 채웠다.

　버스는 제법 쏟아지는 비를 뚫고 가래 끓는 소리를 내며 가파른 고개를 오른다. 주변 환경은 예년에 비해 단풍이 아름다울 것이라는 매스컴의 성급한 보도를 무색케 했다. 오랜 가뭄에 수분 부족으로 일찍이 가랑잎으로 변해 떨어져 앙상한 나무도 많았다.

　이때 버스 기사가 설명한다.

　"창문을 닦고 오른쪽을 보십시오. 저기 보이는 시설은 미사일 기지이고 저 산은 일월산입니다. 눈이 제법 많이 왔지요."

　물기어린 창을 닦고 밖을 보니 산 정상에 4~5개의 시설물 들이 하얀 눈으로 덮여 있는 것이 보였다. 나는 혼자 생각하였다. 북한이 핵을 개발하여 보유한 시점에서 저런 시설들은 이제 무용지물이다. 그러므로 유엔국과 협조하여 북한이 핵을 포기하도록 수단과 방법을 동원하여 저지해야 할 것이다.

　조용한 버스 안에서 침묵을 깨고 전병규 회원이 마이크를 잡았다.

　"지루함을 이용해 우리 대 선배님이신 강상현 국장님께서 6.25때 도설산 전투에 대하여 말씀해주실 것입니다."

　그는 마이크를 본사 총무부장과 경기지사 사무국장을 지내신 선배에게 인계했다.

　"감사합니다. 다름이 아니라 9.28수복 후 북진하면서 양구 서북부에

위치한 천여 미터 이상 되는 도솔산 전투에서의 일입니다. 포탄 파편이 온몸에 박힌 나와 옆구리에 총상을 입은 중대장은 해군병원으로 후송 후 서로 소식이 두절되었습니다. 그러던 차에 지난번 인천 상륙작전 기념식에서 우연히 중대장의 전화번호를 알게 되었습니다. 전화를 걸고 성명을 대었으나 기억을 못 하시더군요. 그래서 도솔산 전투에서 부상 당한 상황을 설명하니 그때서야 반갑게 전화를 받으시기에 한 번 뵙자고 하여 만났습니다. 저는 해군 병원으로 후송 후 치료를 받고 부대에 복귀하였으나 후유증으로 제대를 하였고, 중대장께서는 치료를 받고 부대에 복귀하여 대령으로 예편하였다고 합니다. 80이 넘은 연세에도 건강해 보이고 아직도 해병대의 정신이 몸에서 풍겨 나왔습니다. 요즈음 고위 공직자 청문회 때 6.25가 남침이냐고 질문하니 남침이라고 즉답을 못하고 수차례 반복한 질문에 마지못해 남침을 인정하는 것 같은 대답을 보면서 목숨을 걸고 싸운 6.25 참전 용사들의 전우애와 애국정신을 다시 한 번 되새기게 됩니다."

"역시 대한민국의 귀신 잡는 해병대야! 이 차에도 해병대 출신이 4명이나 있으니 우리 박수 한 번 쳐 줍시다."

말씀하신 분은 해병대 중령으로 전역한 전 이산가족사업부장 정성근 선배였다. 우리 일행은 모두 힘차게 박수를 쳤다. 이어서 나무 해설가로 활동하고 있는 전병규(전 적십자 간호대학 사무국장) 회원이 우리나라 소나무에 대하여 설명한다.

"우리나라의 대표적인 나무는 소나무이고 소나무 중에도 줄기가 밑에서 여러 대가 나오는 반송, 가지가 밑으로 처진 것을 처진 소나무, 가지가 밋밋하게 자라는 것을 금강송(춘향송, 강송)이라고 합니다. 여러

분이 일본 소나무로 알고 계시는 니끼다는 미국 소나무를 일본 사람이 우리나라에 가져다 심었기 때문에 일본 소나무로 잘못 알고 있는 것입니다. 침엽수로는 잣나무, 전나무, 낙엽송 등이 있는데 전에는 전봇대와 비계 등으로 많이 활용하였으나 지금은 철재로 만든 규격품이 많이 나와 사용하지 않습니다. 소나무 목재는 향이 좋고 벌레가 생기지 않아 일등 목재로 사용 하지만 니끼다는 송진이 많고 곧지 않아 재목감이 안 됩니다.

제가 적십자사 재직 시에 전의구(전 총무부장)께서 하신 못생긴 나무가 오래 산다는 말씀을 들은 기억이 있는데요, 밋밋하게 곧게 자란 소나무는 금방 베어 목재로 사용하고 못생긴 나무는 살아 남는다는 뜻도 있고 못난 자식이 효도한다는 속담도 있습니다. 여러분이 알다시피 벼슬을 갖고 있는 천연기념물속리산 정이품송(국보 제103호)도 있고, 전국적으로 보호수로 지정된 소나무가 많습니다. 서울 근교 이천에는 반용송蟠龍松 소나무는 큰 용이 서리고 있는 듯한 적송으로 인근 주민들이 소원을 빌 정도로 그 자태가 훌륭합니다. 내일 통과할 불영사 계곡 일대가 우리나라 금강송 군락지로 유명한 곳이니 보실 수 있을 것입니다."

이때 버스 기사가 안내의 말을 한다.

"이 고개가 구주령九珠嶺 고개인데 한국의 그랜드케니언이라고도 합니다. 왼쪽 창문으로 계곡을 보십시오."

김이 서린 창문을 닦고 밖을 보니 깊은 계곡에는 아직 떨어지지 않은 단풍과 비를 맞고 더 푸르게 보이는 소나무가 어우러져 있고 기암괴석들이 장관을 이룬다. 모두들 "와" 하고 탄성을 지른다.

기사가 다시 안내한다.

"이 도로는 군사 도로였는데 개발한지가 몇 년 안 되어 처음 보시는 분이 많을 것입니다. 경치가 뛰어나지요. 지금은 이 도로를 이용하는 관광객이 많이 있습니다."

비는 계속해서 내린다. 1913년에 개발하고 1979년에 관광단지로 지정 받고 천연 알카리성 라듐성분을 함유한 국내 유일한 유황온천으로 만성 피부병, 동맥경화, 부인병 등에 탁월한 효과가 있다는 백암온천의 따끈한 온천물에 몸을 담글 것을 생각하며 눈을 감았다.

불광천

새벽 4시 30분에 일어나 등산과 조깅을 하던 나는 정년퇴직 후에 하루 일과 시작 시간을 다섯 시로 변경하였다. 몸이 불편한 아내의 건강을 위해서 등산도 조깅도 아닌 불광천 산책을 하기 위해서다. 불광천은 북한산 자락에서 흘러 은평구, 서대문구, 마포구와의 경계를 지그재그로 형성되어 한강으로 흐르는 하천이다. 상암동 월드컵경기장이 건설되기 전에는 우수와 생활 하수가 함께 흐르며 악취와 불결한 환경으로 산책이 불가능하였으나 상암동에 월드컵경기장을 건설하면서 불광천은 새롭게 탄생하였다.

하천을 정비하여 우수와 생활 하수를 분리하여 우수만이 하천으로 흐르게 하였고, 생활 하수는 지하로 흐르게 하여 악취와 불결함이 시야에서 사라졌다. 하천 양쪽은 산책로와 자전거 도로를 만들고 산책로 가에는 5월에서 6월까지 붓꽃, 꽃창포가 피는데 붓꽃은 4월 말부터 붓끝모양 뾰족한 꽃봉오리가 생기고 5월부터 꽃이 피기 시작한다. 꽃의 색은 자주색과 흰색 두 가지가 있다. 꽃잎은 6개로 겉잎 3개는 밑을 향하고 속잎 3개는 하늘을 향해 핀다. 꽃이 지고 나면 갸름한 삼각 모양의 씨방을 하나씩 남긴다. 붓꽃과 꽃창포의 구별은 꽃창포가 붓꽃보다 잎이 넓고 꽃색이 노란색이고 꽃도 크다.

6월부터 7월까지는 원추리가 피는데 붓꽃, 꽃창포와 비슷한 잎을 갖고 있지만 잎이 하늘을 향하지 않고 땅으로 늘어지고 꽃은 황색이다. 6월부터 8월 중순에는 옥잠화, 7월부터 8월까지는 부처 꽃, 7월부터 9월까지는 부용, 7월부터 10월까지는 벌개미취가 피고 건너편 자전거 도로에는 강낭콩 목화, 조롱박 등을 심어 놓았다. 언덕 위 큰길가에는 은행나무가 있고 그 밑으로 벚나무, 개나리, 영산홍 등을 심어 겨울철을 제외 하고는 항상 꽃이 피는 아름다운 환경을 만들었다. 뿐만 아니라 일정한 간격으로 시민들이 건강을 다지도록 평행봉, 철봉, 윗몸 일으키기 기구 등 다양한 운동기구를 잘 배치해 놓았다.

우리 부부는 산책을 하면서 봄이면 사람의 발길에 밟혀 굳을 대로 굳은 땅을 헤집고 싹터 나오는 새싹들을 보며 생명의 강인함을 배우면서도 원추리가 반 뼘쯤 자란 연한 새싹을 보고는 주부의 본심을 나타낸 아내는 저렇게 연할 때 뜯어 더운물에 살짝 데쳐 무쳐 먹으면 맛있다고 하며 입맛을 다신다. 가을이면 들국화의 향기가 애주가인 나를 들국화주 생각에 군침을 삼키게도 한다. 꽃도 없고 해가 짧은 겨울철 새벽에는 캄캄하고 춥다.

그러나 우리 부부에게 또 다른 대화로 이끌어 주는 것이 있다. 어두워서 작은 물체의 식별도 어려우나 잔잔한 물의 흔들림을 보고 '저기 물오리 내려있네' 하고 다가가면 틀림없이 물오리 한 쌍이 다정히 잠수하며 먹이를 찾고 있음을 목격할 수 있다. 4km 정도의 거리를 걷다

보면 오리는 쌍쌍이 다닌다. 많을 때는 5~6쌍일 때도 있다. 간혹 쌍쌍 중에 한 마리가 외로이 먹이를 찾는 것을 본 아내는 저 오리는 왜 한 마리냐고 묻기도 한다.

"글쎄, 혹시 사람들 손에 피해를 봤을지도…"

"그럼 저렇게 혼자 살까요?"

"나도 모르지 재혼이 흉이 아닌 세상이니 저 오리도 다른 짝을 찾겠지."

아내는 가던 걸음을 멈추고 혼자 떨어져 자맥질하는 오리를 안타깝게 바라본다.

"쌍쌍 중 저렇게 혼자 있는 것이 참 보기가 안 좋네요."

"하물며 동물도 저렇게 외로워 보이는데 우리 사람들은 더 보기가 안 좋지. 그러니 건강하게 살다가 똑같이 가야 하는데…"

"그게 마음대로 되면 얼마나 좋을까요."

나는 아내의 장갑 낀 손을 꼭 잡으며, 그렇게 원하고 바라면 꼭 그렇게 뜻대로 될 거라며 부부애를 다져 보기도 한다.

좋아진 환경 덕에 불광천은 아침저녁 뿐 아니라 비나 눈이 와도 항상 산책하는 사람들로부터 각광을 받는다. 아쉬움이 있다면 불광천의 물이 항상 같은 양으로 흘렀으면 하는 것이다. 비만 오면 풍부했던 물이 하루 이틀 사이에 금방 줄어 한강에서 올라온 물고기들의 생명을 위협하고 날아온 물새들도 앉을 자리를 찾다가 되돌아가는 일이 비일비재하다.

국회위원 선거철만 되면 출마자마다 약속한다.

"한강물을 끌어다 계속 물이 흐르는 불광천을 만들겠습니다."

번듯하게 공약公約하지만 국회위원이 당선되고 나면 공약空約이 되고 만다. 지역 국회위원이 조속한 시일 안에 공약公約을 실천하여, 물고기들이 서식하고 물새들이 날아와 자맥질하는 모습을 항상 볼 수 있었으면 하는 것이 지역 주민들의 바람일 것이다.

낚시에 얽힌 이야기

　　　　　　　낚시 하면 어린 시절에 길고 곧은 나무를 골라 옷을 꿰매는 바늘을 구부려 무명실에 매달고 작은 돌을 추 삼아 엉성하게 만든 낚싯대가 생각난다. 찌는 수수깡으로 만들어 웅덩이와 냇가에서 중태기와 송사리를 잡았다. 무명실은 물위에 둥둥 떠 있다가 물을 흠뻑 먹은 다음에야 가라앉는다. 미끼도 메뚜기, 방아깨비 등 어린 곤충들과 파리를 잡아서 사용했다. 그리고 물도 맑아 낚시를 넣으면 고기들이 몰려들어 입질하는 것이 눈에 훤하게 보였다. 수수깡 찌의 움직임을 보고 낚는 것보다는 고기 입 속으로 들어가는 것을 보고 낚았다. 수수깡 찌의 움직임으로 고기를 낚으려하면 낚아 올라오는 확률보다 미끼만 떼일 적이 많았고 낚아 올라오다가도 걸치는 턱이 없어 빠져나가는 고기도 많았다. 그래도 한나절쯤 잡으면 송사리, 중태기, 붕어도 몇 마리 섞어 한 사발 이상을 잡아 아버지 밥상에 얼큰한 매운탕을 올릴 수 있었다.

　군에 있을 때 일이었다. 임진강 탈Tiel교를 건너 민간인출입제한구역과 38선 근처를 지나면 백학저수지가 있다. 이 저수지에는 물 반, 고기 반이라는 소문이 나 중앙관공서 기관장 및 고위 장성들도 휴일이면 낚시하러 많이 왔다. 나도 비번일 때는 파견대장의 동행 요구에 군복을 갈아입고 낚시를 했다. 이때는 제법 낚싯대도 고급이고 미끼도 지렁이와 떡밥을 사용했다. 낚는 방법도 눈으로 보고 잡는 것이 아니라 야광찌의 움직임을 보고 낚아채면 손으로 느끼는 짜릿함, 살살 당기면 고기의 움직임 강도와 손 떨림의 강도로 고기의 크기를 짐작한다. 이 손 떨림을 낚시꾼들은 손맛이라 한다. 내가 민물낚시의 매력을 터득하고 고기도 제일 많이 낚았던 때이다. 소문대로 고기가 많았기 때문일 것이다.

1969년 모내기가 끝나고 물이 한참 필요한 6월 하순경이었다. 비가 오지 않아 저수지의 물도 줄어 예전에 들어나지 않았던 지면이 나오고 고기도 몰려 낚시가 잘된다는 소문에 백학저수지에는 낚시꾼들로 북적이고 있었다. 사단 본부에서 참모가 사단 사령부 참모들과 낚시를 함께 가니 떡밥과 지렁이를 준비하고 대기하였다가 도와주라는 연락이 왔다. 좀 늦게 도착한 보안대장과 참모와 동행하여 낚시터로 갔다. 먼저 온 다른 참모들이 자리를 잡고 낚시 준비를 하고 있었다. 나와 파견대장은 낚시장소를 만들고 낚싯대에 낚싯줄을 정리하고 있을 때 '쾅' 소리와 '아-악' 하는 비명소리가 들렸다.

소리 난 곳을 바라보니 나에게서 약 2m 떨어진 곳에서 사병 한 명이 발목이 잘린 채 우측 다리를 흔들며 비명을 지르고 있었다. 이제 방금 우리 일행도 그곳을 지나 왔고 그 옆에는 민간인 3~4명도 낚시하다가 물속으로 빠지는 등 주위 사람들이 혼비백산한 가운데 누군가 "지뢰다" 소리쳤다. 정신없이 멍하니 서 있는 나를 향해 "얼른 끌어내!" 하며 소리친다. 정신을 차려 주위를 둘러보니 사병은 나 혼자였고 참모들의 얼굴과 옷에도 피가 튀어 벌겋게 물들어 있었다. 울부짖는 사병에게 다가가는 나의 다리는 부들부들 떨려 발을 딛기가 어려웠다. 발을 내딛으면 금방이라도 '꽝' 하고 터질 것 같은 마음 조임으로 땀을 흘리며 다가갔다. 발이 잘려나간 발목에서는 새빨간 피가 줄줄 흘러나와 사병의 군복은 피로 흥건히 젖어 있었다.

나는 어렵게 내딛은 발을 움직이지 않고 팔을 뻗어 사병의 군복 뒷덜미를 움켜잡고 물에서 좀 떨어진 곳으로 끌어당기어 옮기니 "지혈시켜" 하며 또 명령한다. 발이 잘려나간 다리를 양손으로 움켜쥐고 지혈을 준비할 때 "빨리 앰블런스 불러" 하고 큰 소리가 들렸다. 나는 움켜쥐었던 다리를 가만히 내려놓고 들어갈 때 발자국을 조심스럽게 골라디디며 전화를 찾아 뭍으로 달려 나갔다. 전화를 걸고 현장에 다시 와보니 이미 환자는 참모의 지프에 실려 의무대로 후송한 후였다.

사연인 즉 6.25전쟁 시에 사용했을 듯한 일명 발목지뢰(발만 절단됨)가 물속에 잠겨 있다가 가뭄으로 인해 지면이 드러나게 되었고, 낚시꾼들은 줄어든 물을 따라 드러난 지면에서 낚시를 하게 된 것이다. 사고의 사병은 참모의 운전기사로 참모의 낚시를 도와주다가 사고를 당한 사건이었다. 아찔한 사건이 있기도 했지만, 제대하고는 생활에 쫓겨 낚시할 기회가 없었다.

2004년 7월 17일 제헌절이다. 공휴일이라 바다낚시를 가기로 했다. 내륙 지방에서만 자랐고 주위에 바다낚시를 하는 사람도 없어 방법이나 요령도 전무한 나였다. 낚시를 가게 된 동기는 정년퇴직 후 친구가

운영하는 공장에서 단순 업무를 도와주고 있을 때였다. 같은 처지에 있는 황의열 형이 공장 동료와 바다낚시를 간다며 같이 가자고 했다.

"난 바다낚시 한 번도 안 해 봤는데……."

"걱정 마. 바다낚시는 민물낚시 보다 쉬워. 낚시를 바닷물에 넣고 들었다 놓는 동작만 반복하면 손에 감촉이 와. 그때 끌어올리기만 하면 되는 거야."

"그렇게 쉬워?"

"그렇다니까. 나는 전에 바다낚시 가서 우럭을 어찌나 많이 잡았는지 현장에서 회를 떠먹고 도 많이 남아서 내장을 빼 버리고 말려 집에 가져 와 식구들과 포식했다니까."

"그렇게 많이 잡혀?"

"그럼. 아이스박스 큰 것을 준비해야 하는데……."

그는 고기를 잡아 가져올 것을 걱정하고 있었다. 민물낚시만 해 본 나로서는 호기심과 궁금증으로 회비를 납부하고 참석키로 했다.

충남 태안군 안흥이라는 작은 마을이다. 어제 근무를 마치고 온 이인구 사장, 친구, 황의열 형과 나는 오늘 도착한 회사 바다낚시회원인 정호섭 이사. 유병렬 공장장, 진상은 직장장 일행과 간편한 아침식사를 했다. 그리고 준비한 낚시 도구를 챙겨 부두로 나갔다. 부두에는 출항신고를 준비하는 낚시 배들이 5~6척 있고, 낚시하려는 태공들로 북적이며 안흥의 아침을 맞이하고 있었다. 바다는 안개로 2미터 앞이 안 보일 정도다. 우리는 인솔자의 안내에 따라 작은 배에 승선하였다. 그리고 일행 13명은 정각 여섯 시에 아무것도 보이지 않는 안개 속을 향해 출항하였다. 팔이 긴 옷을 입었는데도 떨릴 정도로 춥다. 보이는 것은 바다에 뽀얀 안개뿐 아무것도 보이지 않는다. 통통거리는 배는 계속 안개 속으로 가고 있다. 추워서 견디기가 힘들어 선장이 쓰는 방으로 들어가 담요를 둘러쓰고 앉아 있다가 안개 때문에 근거리에 바닷물만 보일 뿐 지루하여 눈을 감고 드러누워 버렸다.

눈을 떠보니 7시 40분이다. 아무것도 볼 수 없던 바다 풍경은 온데간데없이 사라지고 찬란한 아침 해살을 받으며 낚시하는 배들이 눈앞에 다가왔다. 동료 직원들은 뱃전에서 낚시 도구를 챙기며 낚시 준비를 하고 있었다. 우리 배는 쌍 바위가 우뚝 솟아있는 돌섬으로 다가가 배를 멈추고 "낚시하세요"하며 선장이 소리친다. 동료들은 일제히 낚시를 바다에 던졌다. 나도 선장실에서 나와 바다낚시에 둘째가라면 서럽다는 진상은 직장장에게 다가가서 도움을 청하며 낚시 도구를 내밀었다. 낚시 도구를 만지는 직장장 옆에 서 있는데 잔잔한 물결에 작은 배는 한들한들 흔들리고 있다. 속이 울렁거린다. 토할 것같이 목으로 자꾸 올라온다. 꾹꾹 참으며 마른침을 삼켰다. 도저히 참을 수가 없어서 배 뒷켠에 있는 화장실로 달려갔다. 화장실 안은 바닷물이 훤히 보이고 배설물도 바다에 떨어지게 되어있다. 나는 입을 꽉 다물고 참았던 토사물을 서 너 번의 헛구역질 과 함께 바닷물에 토해냈다. 그리고 다시 직장장 옆에 가 서있으니 어지럽고 또 속이 메스껍다 .도저히 참을 수가 없어 선장 방으로 가 누웠다.

"낚시 거두세요."

선장의 목소리다. 동료 직원들은 드리웠던 낚싯줄을 재빨리 걷어 올린다. 배는 다시 움직여 다른 섬 주위로 간다.

"낚시하세요."

"거두세요."

이렇게 반복하는 동안 선장 방에서 나와 낚시를 몇 번 시도했으나 도저히 서있을 수가 없었다. 뱃머리에 앉아 낚시하던 이인구 사장이 커다란 우럭 한 마리를 잡는 것을 방에 엎드려 고개를 들고 바라만 보았다. 그리고 동료 직원들이 두세 마리 더 잡아 회를 떠먹는데도 일어날 수도 없고 식욕도 없어 보고만 있었다.

12시경이 되니 낚시하는 동료 직원들은 서너 명뿐이고 대부분 배 바닥에 누워 있었다. 내 옆에도 이인구 사장과 동료 직원 장세민 씨가 "아이고 죽겠다."며 내 옆에 와 누웠다. 내가 방에 누웠을 때 코웃음을 치던 사람들이다. 나는 웃으며 한마디 했다.

"이 사장은 바다낚시 많이 해 보았잖아. 왜 그래?"

"배가 작아서 그런가 봐. 이 배보다는 전부 큰 배였거든."

옆에 누웠던 장세민 씨도 한마디 거든다.

"맞아요, 나도 이런 적이 없었거든요. 배가 작아서 흔들림이 많으니까요."

두 사람은 이구동성으로 변명하고 나와 같이 눈을 감고 누웠다.

"식사하세요."

소리에 눈을 떠보니 12시 50분이다. 선장이 준비해온 점심식사를 배 바닥에 펼쳐 놓았것만 밥을 먹는 사람은 네다섯 명뿐이고 배멀미로 식욕을 잃어 거들떠보지도 않는다. 낚시회 회장인 정 이사와 공장장이 사장에게 찾아와서 고기도 잡히지 않고 직원들도 배 멀미로 낚시를 계속하기가 어려워 귀항하겠다고 보고한다. 사장의 동의로 우리 일행은 낚시도구를 거두고 귀항하기로 했다. 낚싯배는 육지를 향해 뱃고동을 울리며 속력을 내기 시작했다. 나도 방에서 일어나 바다에 나와 처음으로 음료수 한 잔을 마시고 배 속력으로 일어난 바닷바람을 긴 호흡으로 들이마시며 정신을 가다듬었다. 배 멀미로 누웠던 동료 직원들도 모두 일어나 바닷바람을 마시며 정신을 가다듬고 있었다. 정신을 회복한 나는 낚시회원들에게 한마디했다.

"나는 그렇다 치고 바다 낚시회원들이 배멀미로 낚시를 못한다는 것은 말도 안 돼."

"미안합니다, 배가 너무 작았나 봅니다."

회원들은 작은 배로 예약한 것을 후회했다.

민물낚시는 한 곳에 낚시를 드리우면 잘 움직이지 않는데 반해 바다낚시는 섬 주위 고기가 서식할만한 곳을 찾아 낚시를 드리우고 섬 주위를 벗어나면 다시 다른 곳으로 이동하며 고기가 있는 곳을 찾아다니며 낚시한다는 것을 터득할 수 있었다. 낚시회 회장인 정호섭 이사가 내게 다가왔다.

"사장님(친구가 사장이라 나한테도 사장이라고 부른다), 이번엔 수확도 없고 배가 작아서 고생 하셨으니 다음에 다시 한 번 가시지요."

"바다낚시, 이제 신물이 납니다. 돈을 얹어주고 가자고 해도 안 갑니다. 안 가요."

나는 정색을 하며 손을 가로 흔들었다. 내 말에 껄껄 웃는 직원들의 웃음소리가 뱃바람에 흩어져 바다에 뿌려졌다. 나의 바다낚시 첫 시도는 낚싯대도 바다 물에 담가보지도 못하고 배에 누웠다만 돌아왔다.

부처님 오신 날

호우주의보를 발령할 정도로 내리는 빗줄기는 밤늦게까지 바람을 동반하고 영원히 그치지 않을 것같이 쏟아졌다. 아침에 일어나보니 언제 그랬냐는 듯이 빗줄기도 뚝 그치고 바람도 어디로 사라졌다. 이상하리 만큼 조용한 아침이다. 공기 중에 흩어져 있던 먼지 등 오염 물질을 전부 씻어 내렸는지 공기도 맑고 상쾌하다.

불기 2547년 사월 초파일, 부처님 오신 날이다. 문우 이 선생과 부처님 오신 날을 봉축하고 소원도 빌고 맛있는 절밥도 먹기로 한 날이다. 약속 시간 보다 10분 늦게 지하철 출구를 나갔다. 반소매 티셔츠에 얇은 스웨터를 허리에 두르고 색안경을 쓰고 항상 문학서적을 넣고 다니는 큰 가방을 멘 채 이 선생이 기다리고 있었다.

"이 선생! 좀 늦었어요."

다른 곳을 보고 있던 이 선생이 놀라 돌아보면서 반갑게 인사한다.

"언제나 약속을 잘 지키시는데 왜 늦으시나 걱정했지요."

"한 시간이면 되겠지 했는데 시간 계산을 잘못 했어요 미안합니다."

"아니 괜찮아요. 조금인데요. 우리 저쪽으로 갈까요."

횡단보도를 건너 과천정부청사를 옆에 끼고 어제 내린 비 때문인지 맑은 물이 제법 많이 흐르는 개울을 따라 관악산 방향으로 걸었다. 보도 가에 줄지어 선 은행나무도 따사로운 햇살과 불어오는 미풍에 연두 빛깔의 잎이 팔락이며 춤추고 있다. 온 대지가 연두 빛이다. 그 속을 걷는 우리도 연두 빛으로 물드는 것 같다. 이렇게 좋은 자연환경에 눈살을 찌푸리게 하는 것이 눈에 들어왔다. 은행나무 밑에 새빨간 머리띠에 '투쟁'이라 쓴 하얀 글씨와 '생존권 보장하라.' '정부는 각성하라.' 요구 사항이 적힌 피켓과 현수막이 돌돌 말려 곳곳에 쌓여있고 소주병도 수십 개씩 무더기로 버려져있다. 참여정부 들어 집단 이익을 주장하는 단체들이 늘면서 과천정부청사는 거의 매일 같은 현상이다. 꽹가리, 마이크 소리 등 소음으로 인해 인근 주민들은 불만이 극에 달해 소음 방지를 요구하는 집회를 가질 계획이라고 이 선생이 귀띔해 준다. 집회 후 뒷정리도 깨끗하게 못하는 국민들이 언제 1등 국민이 될 것인지?

얼마를 걸었다. 이 선생이 개울가 축대를 가리킨다.

"여기에 좀 앉았다가 가지요."

그리고 가방에서 신문지를 꺼내 깔고 앉으라고 권한다. 우리는 어린 아이들 같이 축대 밑으로 다리를 늘어뜨리고 앉았다. 발밑으로 맑은 물이 흐른다. 이 정도의 물이면 송사리, 중태기, 붕어들이 놀고 있고 썩은 낙엽 속에는 구구락지, 돌틈에는 뱀장어도 있을 것이다. 그러나 고기는 한 마리도 보이지 않는다. 그도 그럴 것이다. 모두 시멘트 콘크리

트로 축대를 쌓고 바닥도 콘크리트로 하였으니 고기들의 보금자리가 없다. 돌 틈과 잡초 속에서 먹이를 찾고 보금자리를 만들어야 하는데 콘크리트 벽을 뚫을 수도 없고 잡초 뿌리도 내릴 수 없는 안타까운 현실이다. 개울은 배수구의 역할만 충실할 뿐이다. 우리는 어린 시절 개울가에서 추억을 이야기했다. 시계를 보던 이 선생이 열두 시가 넘었다며 절에 가는 길을 재촉했다. 깔고 있던 신문지를 가방에 챙기며 일어나 함께 걸었다.

절 입구에는 '보광사'라고 푯말이 있고 많은 신도들이 절로 향하고 있었다. 우리도 신도들의 뒤를 따라 30m가량 올라가니 '극락보전' 앞에까지 공양할 사람들이 10m이상 줄을 서 있다. 우리는 줄의 맨 뒤에 섰다. 공양할 사람들 중에는 아이까지 동반한 가족 단위가 많았다. 이십여 분이 지나 배식 장소인 천막 앞에 다다르니 사찰 신도 봉사원들이 밥을 하고 그릇에 나물을 담고 떡을 써느라 분주했다. 우리 차례가 왔다. 앞으로 가니 '시주함'이라 쓴 박스에 천 원짜리 지전이 많이 있고 오천 원, 만 원짜리도 드문드문 보인다. 시주함에 시주를 하고 나서 나물이 담긴 대접에 밥을 받고 옆으로 가니 열무김치, 수저와 비닐봉지에 담은 떡을 준다. 밥과 떡을 들고 앉아서 먹을 수 있게 6인용 밥상 20여 개가 준비된 빈자리로 가서 앉았다.

상 위에는 정갈한 대접에 빨간색이 짙은 고추장이 가득 담겨 있다. 고추장을 수저로 푹 떠서 콩나물, 시금치, 산나물 등이 들어 있는 밥 대접에 넣고 비빈다. 골고루 비벼진 비빔밥을 열무김치 하나인 부식이지만 맛은 꿀맛이다. 비닐봉지에는 쑥 절편과 흰 절편이 들어 있어 식사 후 쑥 절편만 하나씩 꺼내먹고 남은 것은 다음에 먹자고 이 선생이 가방에 넣었다. 빈 그릇을 설거지하는 샘가에 가져다주었다.

"나는 이제 아기부처님 목욕 시켜 드릴 건데요, 김 선생님은요?"

"나도 할게요."

극락보전 안에는 아기부처님 목욕시키는 예식을 하고자 차례를 기다리는 신도들의 줄이 길게 늘어섰다. 맨 뒤에 선 나는 생전에 처음 하는 예식이다. 먼저 하는 신도들의 행동을 눈여겨 보았다. 아기부처 양옆에는 한복을 곱게 차려입은 여자 보살 두 분이 안내하고 있었다. 아기부처의 목욕 방법을 주의 깊게 살펴 본 결과 두 종류로 나눌 수 있었다. 첫째 물을 한 번 떠서 세 번 목욕시키고, 둘째 물을 세 번 떠서 세 번 목욕시키는 것이다. 그리고 예를 갖추는 순서와 회수가 다르다는 것이다. 부처 양옆의 보살에게 목욕 전 후 예를 표하고 안 하고의 차이인 것이다.

나는 두 번째 방법을 택하기로 했다. 이 선생의 차례가 와서 예를 하는 사이에 나는 시주할 봉투를 꺼내 시주함에 넣을 때 검은 양복을 입은 신사가 악수를 청하며 끼어든다.

"죄송합니다. 제가 오늘 다닐 곳이 많아서 먼저 좀 하겠습니다."

"예! 그러시지요."

악수를 하면서 얼굴을 보니 TV에서 많이 본 듯 낯이 익고 양복 깃에는 무궁화 금배지가 번쩍이는 것으로 보아 지역 국회의원으로 짐작이 간다. 신사를 안내한 스님도 주지 스님인 듯 했다. 신사는 차례를 기다리며 줄을 서 있는 신도들을 향해 합장하고, 죄송하다는 말을 여러 번 반복하고 아기부처님 목욕을 시켰다.

내 차례가 왔다. 생화로 둘러싸인 양푼 같은 큰 그릇에 물이 차 있고 한 가운데는 아기부처님이 오른손을 들고 서 있다. 물을 떠서 목욕 시키도록 대나무로 국자 비슷하게 만들어 놓았다. 나는 합장하여 부처님과 보살에게 예를 표하고 물을 세 번 떠서 머리, 팔, 어깨에 세 번 물을 부었다. 국태민안, 세계평화, 가족의 건강을 빌면서….

우리는 절을 나왔다. 파란 잔디밭에 클로버가 무더기로 군데군데 퍼져 있고 띄엄띄엄 밀짚대로 담배연기를 불어 넣은 비눗방울 모양의 뽀얀 민들레 씨앗과 아직도 노란 꽃을 가지고 있는 민들레가 눈에 들어왔다. 우리 둘은 민들레 씨앗을 입에 가까이 대고 입술을 오므려 공중을 향해 후 불었다. 바큇살 모양의 하얀 솜털이 씨앗을 하나씩 달고 씨방에서 빠져나와 낙하산 모양으로 흩어져 날아간다. 씨가 날아간 씨방은 삭발한 머리 모양같이 씨가 박혀있던 자국만 까맣게 남는다. 날아간 씨앗들은 여름, 가을, 겨울을 지나고 내년 봄에는 새 생명을 탄생시킬 것으로 믿는다.

꽃바람에 실려 간 곳

여의도 윤중로에 벚꽃 축제가 한창일 때 나는 입회 후 두 번째로 백년등산회 4월 산행에 참석하였다. 목적지는 전북 영암에 있는 월출산이다. 서울에서 총원 22명이 출발, 서해고속도로는 막힘이 없어 고속도로의 역할을 충실히 했다. 차창 너머로 보이는 연록의 산자락에 구름같이 피어있는 벚꽃을 감상하다가 깜박 잠이 들었다 깨어보니 목포다.

영암 출신인 이 회장이 일어나 마이크를 잡고 길 안내와 고장의 자랑을 이야기했다.

"지금 지나는 길은 목포시 외곽도로이고 오른쪽이 목포시입니다. 목포는 유달산이 유명하고 유달산에는 '목포의 눈물'을 부른 이난영 씨의 노래비도 있고 세발낙지도 유명하지요. 영암은 왕인박사 출생지로 백제시대 학자로 근수구왕 때 일본에서 학자와 서적을 청하자 왕의 손자 진손 왕과 함께 10권의 논어와 천자문 한 권을 가지고 건너가 오오징 천왕의 태자에게 글을 가르쳐 일본에 한문학을 일으키게 했습니다.

그의 후손들은 일본 서부 고오치에 살아 한국보다 일본에서 더 유명합니다. 왕인 박사의 추모제 때에는 일본에서 많은 관광객이 내한합니다. 또한 목포의 왕벚꽃 터널은 신도로가 개통되어 구신작로에 있습니다. 그리고 유명한 장흥댐이 있는데 두 개 시와 일곱 개 군의 식수원으로 사용되므로 수몰마을의 화장실 등 오염물질을 방지하기 위하여 3m이상 땅을 파서 처리하고 댐을 튼튼하게 만들었다고 합니다. 그 증거로 댐 밑에 위락 시설을 조성한 것은 우리나라에서는 처음 있는 시설이랍니다. 그래서 준공식에는 노 대통령도 참석할 것으로 생각됩니다. 오늘 일정에는 포함되지 않았지만 월출산 등반 후 상경 시까지 시간이 좀 걸리더라도 관람토록 집행부와 기사님께 부탁합시다."

일행은 박수로 찬성의 뜻을 표하였다. 유창한 말솜씨와 고장의 역사를 많이 알고 있음에 감탄했다. 이 회장의 설명이 끝날 무렵에 오른쪽 신작로에 왕벚꽃 터널이 눈에 들어왔다. 벚꽃은 반 이상 떨어졌고 파릇파릇한 새 잎이 돋아나 연록색과 어우러져 그 또한 보기가 좋았다. 외곽 도로에 새로 심은 작은 벚나무에도 아직 남아있는 벚꽃이 지나는 차량의 바람에 눈처럼 휘날린다.

우리 일행은 산행 코스에 대해 의견이 분분했다. 월출산 정상인 천황봉을 거쳐 천황사 쪽으로 내려가자는 측과 천황봉까지는 시간이 다섯 시간 이상 소요되니 무리라며 도갑사를 거쳐 주지봉으로 내려가자는 의견이었다. 월출산이 목적이었으니 주봉인 천황봉을 답사하는 것이 옳다는 의견이 많아 천황봉을 목적지로 정하였다. 월출산을 끼고 돌아 강진으로 가서 그곳에서부터 산행을 시작했다.

나는 배낭을 메고 계곡 따라 만들어진 등산길로 접어들었다. 어제

까지 이 지역에는 많은 비가 와 유리 같이 맑은 물이 제법 졸졸 소리를 내며 흐르고 그 물위에는 빨강 핏방울 같은 동백꽃이 하얀 벚꽃 잎과 어울려 돌과 바위 사이로 교묘하게 빠져나와 떠내려가고 있다. 마치 한 폭의 동양화를 보는 것 같았다. 계곡을 따라 난 등산길 옆엔 마른 낙엽을 헤치고 파란 새싹들 틈에 핀 꽃이 눈에 들어 왔다. 벌써 꽃이 시든 것도 있고 막 피어난 꽃들이 제법 군락을 이루고 피어있다. 꽃이름이 궁금하여 앞서가는 등산회 박영수 회장에게 꽃 이름을 물었다.

"이 꽃은 수정란 풀이라고도 하고 그냥 수정란 이라고도 해요, 수정란은 노루발과 다년생 식물로 숲속의 낙엽 속에서 자라며 뿌리는 덩어리 같고 여기에서 엽록체가 없는 몇 개의 꽃 꼭지가 자라서 끝에 한 개씩의 꽃이 밑을 향해 핍니다, 퇴화한 잎은 어긋나 있고 계란형입니다. 꽃은 4-8월에 피고 꽃받침 조각은 1-3개, 꽃잎은 3-5개이며 안쪽에 털이 있습니다. 10개의 수술과 1개의 암술이 있으며 씨방은 둥글고 성숙하여 장과로 됩니다. 중부 지방에는 볼 수 없지만 이곳에는 많이 자생합니다."

"그래요, 저는 처음 보는 꽃입니다. 감사합니다."

계곡 길에서 벗어난 일행은 정상을 향해 걸었다. 등줄기에 땀이 흘러 등산 유니폼 겉옷을 벗어 배낭에 넣고 가쁜 숨을 쉬며 선두그룹을 따랐다. 가파른 길을 한참 오르는데 뒤 따라오던 회원이 배고프니 점심을 먹고 가잔다. 시계를 보니 오후 한 시가 넘었다. 나 역시 시장기를 느껴 먹고 갈 은근히 바랐으나 선두그룹 회원이 뒤돌아보며, 지금 밥을 먹으면 배불러 못 올라가니 좀 더 올라가 먹기를 권했다. 나도 오랜만에 먼 산행이라 체력도 자신이 없어 앞서가는 회원의 뒤를 말없이

따라 걸었다.

구름재에 오르니 쌍갈래 길이다. 왼쪽은 구정봉으로 가는 길이고, 오른쪽은 천황봉으로 가는 길이다. 우리 일행은 천황봉을 향해 큰 바위를 기어오르고, 돌아가고, 밧줄을 잡고 가기도 했다. 바위와 바위 사이 굴을 지날 때 죄진 사람 조심하라며, 바위가 떨어질 수 있다고 농담하는 회원도 있었다.

'정상 500m' 이정표를 본 회장이 제안한다.

"아침도 못 드신 분들도 계실 것이고, 이제 거의 다 왔으니 점심 먹고 갑시다."

모두들 기다렸다는 듯이 찬성을 합창하고 앉기 좋은 평편한 바위를 찾아 자리를 잡고 배낭에서 점심밥을 꺼내 놓았다. 나도 까만 비닐봉지 안에서 은박지로 포장된 김밥 두 줄과 물병을 꺼내 놓았다. 앞에 앉은 회장은 보온밥통과 반찬통 두 개를 꺼내 놓고 뚜껑을 열었다. 밥통

안에는 찰밥에 검정콩과 팥이 들어 있고 반찬통 한 개는 배추김치, 다른 한 개는 열무 물김치다. 김밥집에서 구입한 나의 김밥과 단무지 몇 개는 초라하고 부끄러웠다. 옆에 앉은 김 사장은 밤·대추·은행이 들어있는 영양밥이다. 싸 가지고 온 도시락을 보면서 아내들의 남편사랑 정도를 가늠할 수 있었다. 회장이 자꾸 권하는 바람에 찰밥과 열무김치를 먹어보니 평지에서 먹는 맛과는 천지 차이이고 일미였다.

수많은 바위를 넘고 굴을 지나서 정상에 올랐다. 정상에는 '천황봉 809m'이라 쓴 돌기둥이 세워져 있고 '월출산 소기지'란 푯말도 있다. 소기지는 신라시대부터 하늘에 제사 지내는 자리였음을 설명해 준다. 배낭을 벗어놓고 흐르는 땀을 닦으며 눈앞에 펼쳐진 전경을 바라보았다. 일행이 올라온 방향에는 바람재, 구정봉, 마왕재를 비롯하여 기암괴석이 절경을 이루고 모두 발아래 조아리고 있어 천황봉이 주봉임을 알 수 있었다. 등산의 묘미는 정상을 정복하기 위하여 온갖 난관과 장애물을 넘어 정상에 올랐을 때의 기쁨은 천하를 얻은 기쁨과 같은 것이다. 정상에 오른 등산객들은 정복을 기념하기 위하여 사진을 찍고 어떤 사람은 발아래 펼쳐진 산과 기암괴석에 호령이나 하듯이 "야-호!" 하며 고함을 지르기도 한다.

세 시가 넘었으니 바쁘게 움직여야한다는 집행부의 협조 요청에 따라 등산회 일행은 천황사 쪽으로 하산을 서둘렀다. 가파른 비탈길은 앞으로 쏠리는 체중을 조절하며 하산하는 것도 쉬운 일이 아니다. 조금 방심하면 미끄러지기 십상이고 발을 잘못디디면 넘어지는 일이 비일비재하다. 시원한 물소리에 옆을 돌아보니 맑고 깨끗한 물을 안고 4~5m의 벼랑 아래로 떨어지는 폭포는 '바람폭포'다. 일행은 배낭을

벗어던지고 물가로 가 흐르는 땀을 닦고 옆에 있는 약수를 떠 마른 목을 축이기도 한다. 나도 물에 손을 담그고 한 움큼 떠서 세수를 했다. 등줄기에 흐르는 땀이 쏙 들어가는 느낌이다. 세수를 하고 난 다음 배낭에서 물병을 꺼내 남은 물을 버리고 약수 물로 가득 채워 배낭에 넣었다.

좀 더 내려오니 천황사와 구름다리로 가는 등산로는 통제되어 일행은 천황사 주차장으로 향했다. 등산을 끝낸 일행은 관광차가 대기한 주차장으로 가는 도중에 조각공원이 있어 한 바퀴 돌아보았다. '삶의 뿌리를 내리고' '영원한 고향' '자연과 인간' '사랑의 늪' 등의 작품명이 있는 조각들이 있지만 내 눈에 특별히 들어온 것은 '사유체계의 부정'이란 작품인데 나신의 남성이 무릎을 세우고 앉아 있으며, 어깨까지 올린 왼손 검지 위에는 사람 머리가 아닌 큰 돌이 조각되어 있다. 그리고 오른팔은 오른쪽 무릎에 걸쳐 양 무릎사이 오른쪽으로 늘어뜨리고 중앙의 남근男根과 거웃[陰毛]까지 조각하고 귀두龜頭가 완전 벗어져 있는 것이 실물과 같아 내가 보기에도 민망스러웠다.

일전에 유럽 여행 시 본 남성 나신은 남근의 귀두가 벗겨진 것을 보지 못하였다. 이것은 동양인보다 유럽 사람들이 우멍거지[包莖]가 많았음을 짐작해 본다. 뜻이 무엇일까 생각하며 조각에 문외한인 내가 혼자 생각해 본다. 여자들은 '남자들은 돌머리어야 사랑한다.'는 말 한 마디가 여자들이 제일 좋아하는 말인데, 그 말을 못하는 석두石頭"라고, 남자들은 "남자들의 머리는 항상 바위가 누르듯 무겁고 책임도 무겁다."라고 감상해 보았다.

버스에 탑승한 일행은 장흥댐을 향했다. 오전에 영암에 대해 설명했던 이 회장이 마이크를 잡았다.

"저리가면 제암산이고요. 좀 있으면 철쭉제가 열립니다, 그리고 저기 저 마을은 요즘 유명한 사람 세 명이 탄생한 곳입니다. 현재 청와대 경호실장 김 아무개 씨, 천재소녀 골퍼 위성미 씨, 옷 로비 사건의 김태정 씨입니다. 위성미 할아버지께서는 지금도 그곳에 살고 계시며 위성미 씨도 가끔씩 할아버지를 뵙고자 이곳에 옵니다."

산 밑에 작은 마을을 손가락으로 가리킨다. 장흥댐에 도착하니 이 회장 설명대로 댐 둑 밑에 축구, 배구, 농구, 테니스장을 만들어 놓고 각종 운동 시설에서 많은 사람들이 운동을 하고 있었다. 시간이 오후 여섯 시가 넘어서 관광객들에게 댐의 목적과 건설 현황을 설명해주는 서비스는 받지 못하고 산골짝마다 가득 찬 1급수의 물을 확인하고 상경을 서두르며 버스에 올랐다.

　버스에 탄 일행은 피곤한 몸을 의자에 기대고 회원들의 산행 모습과 추억의 사진을 TV 모니터로 보면서 자기 모습에 내가 저랬나, 저 모습을 언제 찍었지?, 저 사진은 뽑지 마! 저 사진 꼭 좀 현상 해 달라며 즐거운 웃음이 차 안에 가득했다. 무심히 내다 본 창밖이 눈이 와 쌓인 듯 하얀 풍경이 어둠속에서 뚜렷이 보였다. 눈을 크게 뜨고 버스의 불빛을 이용해 확인해 보니 배꽃이 만발한 배 밭이 사위에 널려 있다. 이정표를 확인해 보니 나주였다. 한 겨울에 눈 속을 달리는 기분으로 피로한 눈을 감았다.

새벽에 찾은 도솔암

　　　　　　2001년 10월 30일 새벽 4시 30분. 등산 준비를 하고 있을 때 호텔의 초인종이 울렸다. 도솔암을 답사한 경험이 있는 사진작가 박상조 회원과의 약속 시간이었다. 금년 5월에 뿌리문학회에서 문학기행 때 다녀 가고 적십자동우회에서 두 번째 찾은 선운사다. 5월엔 선운사만 답사하고 도솔암은 가보지 못하였기 때문이다.

　호텔 밖을 나서니 찬 공기가 몸을 움추려 들게 하고 호텔 주위의 가로등과 방범등이 졸고 있을 뿐 사위는 조용하다. 선운사로 가는 도로를 따라 부지런히 걸었다. 매표소에 도착해 보니 사람도 없고 차도는 바리케이트로 막혀 있어 관광객 출입구로 들어가 선운사를 옆에 끼고 산길을 따라 올라갔다. 발자국 소리에 잠자다 놀랜 산새가 푸드득 날아간다. 밤새 내린 이슬의 무게를 못 견디어 떨어진 낙엽이 발밑에 사각거리고 졸졸 흐르는 맑은 물소리에 이가 시리다. 희끄무레한 산길을 따라 산 속으로 들어가니 울창한 숲과 산 그림자에 더욱 어두침침하다. 단풍도 곱게 물들었겠지만 어둠 속에선 목유불견目有不見이다. 후

미진 곳만 비치고 가던 박상조 회원의 만년필 모양의 랜턴도 건전지가 다 되어 무용지물이다.

얼마쯤 올라가니 민가 서너 채가 희미하게 보이고 우리의 발자국 소리에 놀란 개 짖는 소리가 고요하고 적막한 산 속의 정적을 깬다. 호텔 단체 아침 식사가 여덟 시로 예약되었기 때문에 시간 내에 도착하여야 하므로 부지런히 걸었다. 등에 땀이 난다. 겉옷을 벗어 들고 다섯 시 이십 분에 방범등이 켜진 암자에 도착하였다. 푯말을 가까이 가서보니 '창당암'이라 적혀있다. 앞장 선 박상조 회원이 이곳이 아니라며 고개를 갸웃거리더니 왼쪽으로 길이 있었다고 혼자 중얼거린다. 오르락내리락 길을 찾아보았건만 좀처럼 길이 나타나지 않는다. 사람이 없으니 물어 볼 수도 없고 시간만 자꾸 간다. 날이 밝아 사람이 나타나기만 기다릴 수밖에 없는 실정이다.

십 여분이 지났을 즈음 차동차 소리와 라이트 불빛이 우리가 올라온 도로를 따라 오고 있다. 우리는 서서 자동차가 올라오기를 기다리고 있었다. 자동차 라이트가 우리의 눈에 비쳐 왼손으로 빛을 가리고 오른손으로 정지 신호를 하였다. 차는 멈춰 섰다. 다가가 보니 스님 한 분이 운전대를 잡고 있었다. 우리는 합장으로 인사를 하고 도솔암을 찾아 가는데 길을 모른다고 말했다.

"여기는 청당암입니다. 오신 길로 한참 내려가시면 오른쪽으로 도솔암 안내 푯말이 있을 것입 니다. 너무 지나쳐 왔습니다."

우리는 고맙다는 인사를 건넨 뒤 올라온 길을 되짚어 내려갔다. 약 이십 분을 가니 쌍갈래길이 나오고 오른쪽 길옆으로 도솔암 방향 푯말에 2.3km 거리 표시가 있었다. 우리는 어두워서 앞에 보이는 길만 따라 올라 가느라고 주위를 보지 않아 쌍갈래 길을 지나서 갔던 것이다. 박상조 회원이 올라가다 왼쪽으로 난 길로 가야한다는 말이 정확했음을 확인할 수 있었다. 이젠 주위에 사물도 분별할 수 있도록 어둠도 걷히고 목표지점의 거리도 알았으니 발걸음은 더욱 빨랐다. 걷다보니 커다란 나무가 길옆에 나타났다. 가까이 다가가 안내문을 보니 '장사송長沙松 또는 진흥송眞興松이라고 부르고, 수령이 600년, 높이가 28m, 둘레가 3m나 되는 소나무'라고 쓰여 있었다. 보통의 소나무와는 다르게 곧게 자라다 위로 올라가 가지를 쳐 마치 우산을 펼쳐놓은 것과 같은 모양이다. 장사송 우측 밑으로 굴이 있는데 굴에는 촛불이 깜박거리고 있었다. 안내문에는 진흥굴眞興屈이라고 적혀있고 길이가 10m, 높이가 4m인 천연동굴로 신라 27대 진흥왕은 왕위를 버리고 도솔왕비와 중애공주를 데리고 수도하였던 곳이라 한다. 진흥왕은 도솔왕비와 중애공주를 위해 도솔암과 중애암도 세웠다. 정해진 시간이 발걸음을 재촉하여 다시 걷기 시작했다. 목탁소리가 은은히 들리고 새벽 산 공기를 마시는 코끝에 향내가 묻어난다.

도솔암에 도착한 것이다. 암자는 작지만 아늑하고 포근한 기운이 감돈다. 새벽 불공드리는 스님의 독경소리가 머리를 맑게 한다. 암자에서 왼쪽으로 돌아가니 칠송대라는 암봉이 깎아 세운 듯한 남쪽 암벽에 40m가 넘는 암각여래상이 새겨져있다. 암각여래상의 인상은 여느 여래상의 부드러운 미소와는 다른 엄숙하고 근엄함이 엿보이고 손도 부드럽고 작은 손이 아닌 크고 투박해 보였다.

특히 안내문에는 부처님의 가슴부위에 네모 모양으로 하얗게 때운 흔적이 보이는데 이것은 부처님을 봉안할 때 복장伏藏하는 감실龕室이란다. 여기에는 불경이나 불화, 시주자 조성 내역이 들어 있는 것이 보통이다. 그러나 이 부처님 가슴에는 신기한 비결이 들어 있다는 소문이 널리 퍼져 전라도 관찰사 이서구가 가슴 부위에 있는 감실을 떼어 그 비결을 꺼내 보려는데, 그때 마침 뇌성벽력이 일어나 그 비결을 다 못보고 다시 봉해 두었는데, 그 첫 머리에 "전라감사 이서구가 꺼내보다."라고 적혀 있는 것만 보았다 한다.

산정호수에서

여행 삼 일째 되는 날, 한화콘도에서 아침 겸 점심을 열두 시에 먹고 난 나는 창밖을 내다보고 있는 친구 '용'에게 물었다.

"산정호수가 어디야?"

친구는 앞에 보이는 산을 가리킨다.

"저 산 넘어."

"한 번 가보자."

"그러지 뭐."

콘도를 나와 승용차로 5분가량 올라가니 바이킹, 회전목마, 회전자동차, 두더지 잡기 등 놀이기구가 눈에 들어오고 기념품 및 먹을거리 장사들이 유원지임을 실감하게 한다. 바이킹에는 한 사람도 타지 않은 빈 배만 허공을 휘젓고, 사람 부르는 확성기 소리만 요란하다. 많은 놀이기구에도 이용객이 없어 한산하다.

"이렇게 사람이 없어?"

"아니야, 방학 때는 사람이 얼마나 많았는데….”

"지금이 방학 아니야?”

"아! 맞다. 그러고 보면 경제가 어렵긴 어려운 모양이야.”

먹을거리 집에서의 호객 소리를 귓등으로 들으며 호수가로 갔다. 을 씨년스러운 산 그림자를 담고 있고 그 위를 물오리, 물새들이 그림처럼 떠 있고 얼음이 얼은 한쪽 호수에서는 얼음을 깬 구멍으로 낚시질 하는 강태공들이 눈에 보일 것으로 생각했던 산정호수. 그러나 한눈에 들어올 정도의 작은 호수는 얼음으로 덮여있고 그것도 유원지 쪽 일부만 사용할 수 있도록 하고 나머진 통제되어 있었다. 내 상상 속의 호수는 아니지만 우리 일행은 얼음 덮인 호수 위로 올라갔다.

하절기에 보트를 대여하던 장소는 폐쇄됐고, 지금은 바람막이 비닐천과 책상 하나 가져다 놓고 썰매와 눈썰매를 대여하고 있었다. 책상 뒤 평상에는 60대 전후의 남자 서너 명이 화투를 치고 있다. 그것도 돈 놓고 돈 먹는 '섯다'다. 천 원짜리 몇 장이 왔다 갔다 한다. 책상 한 귀퉁이에 '한 시간에 5000원'이라 쓴 쪽지가 바람에 흔들리고 있다. 책상 앞으로 다가간 나를 보며 방한복을 두툼하게 입고 머리가 희끗희끗한 남자가 묻는다.

"뭐요?”

"썰매 빌리는데 얼마요?”

"오천 원”

"몇 시간에요?”

나를 아래 위로 훑어보더니

"맘대로 타세요.”

한 시간 이상 타지 못할 것이라 깔보는 것 같았다

"그래요? 그럼 하루 종일 타야지."

오천 원을 지불하고 썰매와 꼬챙이를 가지고 왔다. 썰매는 내가 어릴 적에 만들어 타는 것 보다 컸다. 그리고 L자 앵글 두 개를 각목에 못으로 박고 그 위에 송판을 박았다. 내가 어릴 때에는 L자 앵글은 구할 수도 없었고, 철사도 어렵게 구하던 시절이었다. 각목 밑을 굵은 철사가 들어가도록 홈을 파서 철사가 반만 나오도록 했다. 철사의 탈선을 막기 위함이다. 철만 얼음판에 잘 접촉할 수 있게 각목의 각도 없이 만들고 앞부분도 장해물을 잘 넘어 가도록 유선형으로 만들었다. 꼬챙이는 둥근 나무에 대못을 박고 손잡이 끝은 t 자로 만들어 손에서 이탈도 방지 하고 쥐기 편하게 했다. 가장 좋은 꼬챙이는 손잡이 나무가 짧고 철사가 길어야 한다. 철사가 가늘어 휘어지면 안 된다. 그래야 손놀림이 빨라 잘 달릴 수 있다. 타는 방법은 중간쯤 일어났다 앉으며 꼬챙이로 찍고 앞으로 힘을 준다. 이런 동작을 빠르게 반복 하면서 썰매의 속도가 결정된다. 가져온 꼬챙이는 6mm 정도의 철근을 잘라 불에 달궈 뾰족하게 만들었고 손잡이도 자체 철근을 구부려 만들었다. 들어보니 무거웠다.

썰매 타는 사람은 어린이가 많고 젊은 커플도 몇 명 있다. 그들이 썰매 타는 방식은 어린 시절에 내가 타는 방식 아니고 꼬챙이를 손바닥으로 움켜쥐고 콕콕 찍으며 앞으로 간다. 이런 방식으로는 빨리 달릴 수 없다. 나는 내가 시범을 보이겠다는 생각으로 꼬챙이 끝이 손바닥에 닿도록 잡고 썰매위에 양발을 올려놓고, 50~60mm 꼬챙이 길이만큼 앉았다 일어나는 동작을 반복하며 앞으로 달렸다. 얼음판에 놓인

의자에 앉아서 얼음 치기를 구경하던 사람들이 웃음이 가득한 얼굴로 고개를 끄덕이며 나를 쳐다보고 있었다. 얼음판 한 바퀴 돌고 온 나를 보고 친구 '용'과 '임'이 칭찬을 한다.

"예전 모습 나오네, 바로 그렇게 타는 거야."

눈썰매는 내가 어릴 적에는 없었다. 지금은 플라스틱 재료로 보트 모양을 만들어 앞에 끈을 달고 끌고 다니지만 나 어린 시절에는 가마니나 비료 봉지에 새끼를 매어 끌고 다녔다. 썰매로 정해진 코스를 몇 바퀴 돌고나니 팔이 뻐근하고 등줄기가 후끈거린다. 세월의 흐름을 실감하게 한다. 오십여 년 만에 썰매를 타면서 동심으로 돌아가 어릴 적 추억을 회상한 기회였다.

역시 한 시간 이상 못 타고 썰매를 반납했다.

호숫가에 얼음산이 있어 가까이 가보니 분수대에서 숫아 나온 물이 추위에 얼어붙고 다시 그 위로 물이 나와 겹겹이 얼어서 예술가의 작품 같은 아름다운 얼음산을 만들어 놓았다. 옆에는 버드나무에 물을 뿌려 얼음 나무를 만들어 놓았는데 얼음의 무게에 늘어진 가지가 호수 빙판에 의지해 버티고 있으면서 오후의 따뜻한 햇살에 눈물을 흘리는 모습이 안타깝다. 단 기간 사람의 눈을 즐겁게 하기 위한 욕심이 나무의 생명을 위협하는 것이다. 봄이 되면 새 잎이 돋아날지 걱정하며 무거운 발걸음을 옮겼다.

여행스케치

적십자동우회 1박 2일 여행 중 적십자사 충북지사에서 섭외한 한국도자기 청주공장에 도착한 시간이 11시가 넘었다. 정문에 들어서는 관광버스를 경비원이 나와 수신으로 방향을 지시한 곳은 홍보관 앞이다. 직원들이 나와 차량 주차를 도와주고 버스에서 내리는 일행에게 미소로 인사하며 홍보관으로 안내한다. 홍보관은 백여 명 남짓 수용할 수 있는 공간과 정면 진열장에는 박정희, 전두환, 노태우, 김영삼, 김대중 역대 대통령이 사용했다는 도자기가 진열되어있다. 그릇에는 모두 대통령휘장인 봉황이 그려져 있고 색깔과 꽃모양은 취향에 따라 조금씩 달랐다, 다만 박정희 대통령의 도자기 중에는 반달모양의 독특한 것이 있는데 설명에 의할 것 같으면 술을 좋아해서 각종 안주를 조금씩 담아놓던 안주 그릇이란다.

이곳에서 처음 얻은 지식은 "첫째, 한국도자기가 미국, 영국, 한국 등 세계 3대 브랜드 중의 하나이며 둘째, 한국 전자제품은 세계에서 인정해 주지만 현재 미국 백악관에는 들어가지 못했지만, 한국 도자기는 납품을 한다. 셋째, 로마 교황청에도 납품한다. 넷째, 한국 도자기 본차이나는 소뼈 가루로 만들어 소리가 맑고 경쾌하다. 다섯째, 본차이나는 전등불에도 비치고 떨어뜨려도 깨지지 않는다. 여섯째, 본차이나 금은색은 진짜 금과 은이다. 그러므로 전자레인지에 넣어 사용하면 색이 변하니 주의하라"고 당부한다. 공장의 직원은 남자보다 여자가 많았다. 잘 반죽된 원료 찰흙은 모양에 따라 적당한 크기로 잘려 나와 기계로 찍고, 디자인, 유액, 검수, 포장까지 하는 동안 불에 세 번 굽고 완성하는데 닷새가 소모된다. 우리나라 도자기가 세계에서 손꼽히는 삼국 중에 들었다는데 자부심과 긍지를 가질 수 있는 견학이었다.

두 번째 방문지는 대통령 별장인 청남대였다. 청남대는 1983년 전두환 대통령이 준공, 처음에는 영춘재라고 하였으나, 1986년 따뜻한 남쪽의 청와대라는 뜻으로 청남대라 개칭했다. 정문을 통과하여 주차장에 도착하니 지방에서 온 관광버스가 줄지어 주차되어 있다. 하차한 일행은 안내원의 안내에 따라 도보로 본관을 향해 걸었다.

주위는 백여 종의 조경수와 국내 자생야생화 백삼십 여종의 야생화가 있다는데 확인은 못했지만, 많은 나무와 꽃이 잘 다듬어져 있다. 희귀종인 금송도 잘 손질해 놓았다. 뒤늦게 단풍으로 물든 나무와 이미 단풍을 떨어버린 나목들이 어우러져 주변 경치도 아름다웠다. 백 미터 쯤 올라가니 도로 오른쪽에 돌탑이 있어 자세히 보니 각 이장들이 2003년 노무현 대통령이 선거공약으로 청남대를 개방한 것에 고마움을 알리기 위한 돌탑이었다. 돌 사이사이에는 각 이장의 이름이 쓰인 돌들이 들어있다.

본관에는 이미 많은 관광객들이 안내원의 설명을 듣고 있었다. 신은 벗어 신발장에 넣고 실내화로 갈아 신어야 하고, 사진촬영은 할 수 없고, 집기를 만지거나 앉지 말라는 설명을 들으며 한 줄로 서서 1층부터 접견실, 주방, 서재, 침실 등을 구경했다. 주로 미색 양단을 사용해 화려하지 않으면서 온화하고 따뜻함을 느꼈고 크고 넓지 않아 아늑함을 주었다. 이층에서 내려다보는 전경은 산과 산 사이로 흐르는 대청호의 맑은 물이 한 눈에 들어와 가슴이 확 트이는 것 같았다. 역시 천하 명당이다. 능선의 모양이 임금 왕王 자字 모양을 이루고 좌청룡 우백호의 지세이고 가까운 곳에 임금 도장인 옥새를 닮은 옥새봉이 있고 아홉 마리 용이 승천한 작은 동굴도 있다고 한다. 개방 후 역대 대통령은 여름휴가와 설 휴가를 비롯하여 매년 4~5회 많게는 7~8회 이용하여 20년간 총 88회 400여 일을 이곳에서 지냈다.

급변하는 국제정세 속에서 역대 대통령은 국정의 중대한 사항이 있을 때에는 청남대에 머물면서 국정에 대한 구상을 했다. 이것을 청남대 구상이라한다. 1993년 8월 여름휴가 중 김영삼 대통령이 8월13일 아침, 전격적으로 '금융실명제 실시에 대한 대통령 긴급명령'을 발표한 곳도 이곳이다. 그러나 역대 대통령의 흔적은 찾아 볼 수 없으나 노무현 대통령과 권양숙 영부인 손도장을 만들어 놓았다. 왜일까? 이곳을 개방하였다는 고마움에서 일까? 아니면 영웅심의 발로? 본관을 나오는 한 촌로가 "천국이야! 천국." 하며 볼멘소리를 한다.

나의 생각으로는 이 정도의 시설이면 사치스럽지 않고 화려하지도 않다. 우리 주변의 재벌들의 별장도 이 정도 수준은 될 것이고 좀 재력이 있는 사람은 충분히 할 수 있다, 개방 후 얼마 되지 않아 충남 계룡

대에 대통령 휴식처를 만든다는 신문 기사를 본 적이 있다. 남이 한 것은 악이요, 내가 하는 것은 선이란 말인가? 있는 것도 사용하지 않으며 새로 만드는 것은 국민의 세금을 낭비하는 것 같아 안타까울 뿐이다.

수안보에서 온천하고 하루를 묵은 다음 행선지는 문경새재이다. 매표소에서 경로우대로 통과한 다음 영남 제3관 조령관(사적147호 숙종 34년에 설관)을 통과 역순으로 내려갔다. '장원급제길' 푯말이 있다. 갓 쓰고 두루마기 입고 괴나리봇짐에 짚신 두 켤레 매달고 청운의 꿈을 안낭고 한양으로 과거 보러가는 영남 선비들의 모습을 상상해 보며 걸었다.

4키로 정도 가니 귀틀집이 있다. 귀틀집은 산악 지대에서 사용되던 한국식 통나무집이다. 위에서 보면 우물 정井 자字 모양이고, 나무끼리 연결 할 때는 홈을 파서 연결하고 나무와 나무 사이는 황토 흙으로 발라 여름에는 시원하고 겨울에는 따뜻하다고 한다. 좀 더 내려오니 도로가에 바위굴 사진이 있고 '새재우'전설이 소개되어 있다. 내용인 즉 새재 길을 지나던 길손이 폭우를 피하러 찾아간 바위굴에서 청춘 남녀가 만나 사랑을 나눈 후 헤어졌는데 여자는 임신을 하고 아들을 출산하였다. 어머니는 아들이 장성하자 아버지의 특징과 새재우에 대한 이야기를 들려주었다. 아들은 아버지를 찾아 전국을 헤매다가 어느 여름날 폭우가 쏟아져 비를 피해 처마 밑에 서 있는데 같이 비를 피하던 행인이 쏟아지는 비를 보며 '새재우' 같다는 말을 듣고 아버지를 찾았다는 전설이다.

내용을 읽고 주위를 둘러보니 왼쪽 계곡 나무다리를 지나 산 끝 부분 경사진 곳에 큰 바위가 튀어나와 지붕을 이루고 밑으로 굴이 만들어져 있다. 다리는 인공으로 근래에 만들어 관람하기 편하도록 한 것이다.

"선배님! 가 보시겠습니까?"

"이왕이면 한번 가 봅시다."

통나무 다리를 건너 굴 앞에 이르니 전면만 막혀 있고 옆은 트여 있었다.

"선배님, 여기는 막히지 않았네요."

굴 안으로 들어가 보니 넓고 평평한 공간에는 낙엽이 쌓여있다. 이 정도의 공간이면 충분히 운우의 정을 나눌 수 있는 장소이고 더구나 폭우가 쏟아졌으니 주위 환경도 안성맞춤이었을 것이다.

선배와 나는 다시 걸었다. 커다란 시비에 '문경새재 아리랑' 시가 새겨져 있다.

아리랑 아리랑 아라리요, 아리랑 고개로 넘어가다.

문경새재 물 박달나무는 홍두깨 방망이로 다나간다.

아리랑 아리랑 아라리요, 아리랑 고개로 넘어간다.

홍두깨 방망이 팔자가 좋아 큰 애기 손안에서 놀아난다.

아리랑 아리랑 아라리요 아리랑 고개로…….

시비 옆 왼쪽 뒤편에는 1미터 정도의 높이에 30센티 가량 되는 널판지 위에 남녀 글이 써 있고 옆에는 빨강 파랑색의 스위치가 있다.

"이게 뭐지?"

"이왕이면 여기를 눌러 볼까?"

선배가 스위치를 누르니 뒤쪽에 통나무를 세워 빙 둘러 막아놓은 안에서 문경새재 아리랑이 구성지게 흘러 나온다.

"아리랑 아리랑 아라리요 아리랑 고개로 넘어간다. 문경새재 물박달 나무는…"

시와 노래의 가사를 대조해 보니 끝부분이 약간씩 변조됐다. '다 나 간다'를 '다 나가네'로 부르는 등 약간씩 달랐으나 음률을 맞추기 위함 이라 생각했다. 조용한 계곡에 구성진 아리랑 가락이 퍼지고 산바람에 낙엽이 우수수 떨어진다.

큰 길 샛길에는 '시가 있는 옛길'을 조성하여 흰 대리석에 한시를 새 기고 해석해 놓은 시비들이 있지만 어쩐지 어색하고 어울리지 않았다. 이유인 즉 시의 내용이 아니라 새겨져 있는 돌들이 검은 얼굴에 하얀 이처럼 확 눈에 들어와 고전미와 역사의 숨결은 찾을 수가 없었다. 수 십 년, 아니 수백 년이 흐른 세월 속에서는 빛이 날것이라 믿지만 새로 만들 때는 주위 환경에 맞도록 색깔과 모양도 고려하여야 할 것이다.

'조곡약수' 안내 푯말을 본 선배가 묻는다.

"약수가 어디 있나 봐?"

"네, 조금 전에 지났는데요. 약수 드시겠어요?"

"여기까지 와서 약수를 안 먹어서야…"

"이 쪽으로 가시지요."

지나온 길옆 샛길을 가리키며 약수터로 갔다. 옴팍하게 파인 돌 안에 는 약수가 철철 넘쳐흐르고 옆에는 손잡이가 긴 플라스틱 바가지가 걸 려 있다. 약수를 떠 선배에게 권하고 나도 한 바가지 떠서 마셨다.

"어~ 시원하다. 물맛이 그만이구먼."

선배가 물맛을 평가한다.

갈증을 달래고 영남 제2관 조곡관(사적147호 선조27년 설관)을 지나니 길 옆에 '산불 됴심'이라 쓴 돌비석이 서있다. 조선시대에 설치한 한글로 된 문화재 제225호로 산림보호비이다. 잘 다듬어지지 않은 돌에 투박한 글씨체가 정감 가고 애정이 느껴졌다.

재임하던 신, 구 관찰사가 관인을 인계인수하던 '교귀정'을 둘러보고 장원급제, 출세, 부자, 쾌유를 기원하는 '소원 성취 탑'으로 갔다. 지나가는 나그네들이 소원을 빌며 하나, 둘 올려놓은 돌들이 큰 돌탑을 이루고 빨강, 노랑 천에 쓴 부적도 돌 틈에 끼어 팔랑거린다. 40대 중반의 부부가 합장하고 기원하는 모습이 보기 좋았다. 나도 두 손 모아 합장하고 가정의 무사안일을 기원했다.

계곡의 큰 바위 밑에 큰 꾸구리가 살아 지나가는 아가씨가 있으면 희롱했다는 믿기지 않는 전설의 '꾸구리 바위'에서 좀 더 내려가니, 용추, 일명 팔왕폭포가 있다. 주변 경치가 아름다워 시인과 묵객들이 시와 그림 그리기를 즐겼으며, 근년에는 KBS방송국에서 역사 드라마 '궁예'에서 궁예의 최후 장면을 촬영한 곳이다. 새재 길을 넘다 피로에 지친 몸을 한 잔술로 여독을 풀던 주막이 옛 모습을 갖추고는 있지만 주모와 막걸리는 없고 쪽마루에는 산책 나온 노부부가 가쁜 숨을 달래고 있다.

일제강점기 말기에 일본군이 한국인을 동원하여 송진을 채취하던 자국이 수십 년 세월 속에서도 아픈 상처를 간직한 채 줄기가 반 이상이 패어져 있으면서도 죽지 않고 푸르름을 자랑하며 굳건히 살아있는 소나무는 우리민족의 표상이요 정기다. 이러한 소나무가 백두대간까지 재선충이 퍼져 말라 죽어간다는 언론 보도에 가슴이 아프고 안타까울 뿐이다. 정부에서는 소나무 살리기에 최선을 다하고 국민들도 관심을 갖고 협조하여야 할 것이다. 옛날에 기름을 짜는 틀처럼 생긴 바위를 '지름틀 바위'로 작명하여 부르는 안목과 해학도 있었다.

KBS 드라마 왕건 촬영장이 사극 세트로는 세계 최대 규모라고 선전할 만큼 넓은 면적에 조성해 놓았다. 세트장 가까이 가보니 궁궐 같은 큰집들도 모두 합판과 모조품으로 만들었고 도색도 변해 눈에 거슬리는 곳도 있을 뿐 아니라, 훼손되어 손질하는 현장도 목격하였다. 넓은 면적에 많은 구조물을 만들려면 자금이 많이 필요할 것이지만 관광자원으로 활용하는 만큼 좀 더 내구성이 있는 자재를 사용하여 매년 수리하는 일이 사라졌으면 하는 바람이다.

영남 제1관문 주흘관(사적147호 숙종34년 설관)을 나오니 오후 한 시가 넘었다. 먹은 것이 없어 배는 부르지 않지만 가슴이 뿌듯한 포만감이 드는 것은, 멋없고 볼품 없는 비석 한 개라도 옛것을 간직하려는 자세와 자연 그대로의 환경을 가꾸려는 마음을 볼 수 있어서 일 것이다. 특히 상처 난 소나무가 낙엽 떨어진 나목 사이에서 푸르름을 뽐내고 서 있는 모습은 우리민족의 기상이라 생각했다.

몽롱한 정신에 눈을 떴다. 주위를 둘러보니 중국 지안호텔 방이다. 있어야 할 동료직원이 보이지 않았다. 기억을 더듬었다. 북한 만포에서 출장 마지막 오찬을 하면서 북측 대표들과 맥주를 마신 기억만 나고 그 이후의 기억은 전혀 나지 않았다.

정신이 번쩍 들어 서류가방을 찾으니 침대 머리맡에 있어 안심하고 가방을 열었다. 출장 목표였던 북한 동포에게 전달한 옥수수 인도증을 찾았다. 없다. 인도 인수 중 촬영한 카메라 사진기도 없다. 여권도 찾았다. 역시 없다. 눈앞이 캄캄했다.

나는 고민에 빠졌다. 여권이 없으니 움직이지도 못하고 옥수수 인도증이 없으니 한국에도 갈수 없고, 이제 국제 고아가 되는가? 아니면 극단적인 행동을…. 이렇게 고민하며 시간을 보내는데 자정이 되어서야 동료 직원이 들어왔다.

"박 선생! 어디 갔다 이렇게 늦게 와? 얼마나 찾았는데…"

제3부

이게
뭡니까?

이게 멉니까?

77세 희수를 몇 달 앞두고도 잔병치레 없이 건강을 유지하고 있는 것은 근처에 백련산이 있기 때문이다. 지방에서 근무할 때 외에는 백련산에 오르내린지가 30년 이상 되었고, 글감도 얻어「백련산 의 아침」「새 세기의 해맞이」「시치미」「바람」등 에세이를 문예지에 발표했다. 지금은 직장 때문에 매일은 못 가고 하루 걸러서라도 간다. 젊었을 때 보다 보폭도 좁아지고 속도도 느리지만 항상 같은 길로 오르면서 운동기구가 있는 곳에선 운동을 하며 정상인 은평정에서 매일 만나는 사람들과 인사를 나눈 다,

처음 산에 오를 때 만나던 사람들은 지금은 한 사람도 없다. 풍문으로 저 세상으로 간 사람도 있고 힘이 모자라 못 오고 이사 간 사람도 있다고 한다. 은평정에서 한강을 바라보고 심호흡을 크게 한 다음 평행봉, 몸통 돌리기, 윗몸 일으키기 운동을 하고 체력 단련장으로 이동하여 지인들과 담소하며 운동을 하고 밤나무골을 거쳐 하산하는 것이 나의 산행 코스이다.

9월 어느 날 은평정에 오르니 주위에 수십 년 된 소나무와 오리나무들이 허리가 모두 잘려 나간 것을 보고 가슴이 아팠다. 잘린 목적은 은평정에서 북한산이나 월드컵 경기장, 여의도 등이 시야가 가려 잘 보이지 않는다는 것이다. 조금 움직여서 옆이나 밑으로 가면 볼 수 있는 방법도 있는데 말이다.

은평정은 1989년 10월 29일, 은평구청장이 매바위회, 홍은산인추천위원회와 협력하여 응암동, 녹번동, 서대문구 홍제동, 홍은동, 남가좌동, 북가좌동 주민들의 건강 화목 번영을 위하여 창정한 것이다 그러므로 은평정은 조망대가 아니다. 그런데 조망에 방해가 된다고 잘린 소나무들의 허리에서는 피 같은 송진이 철철 흐르고 있다. 눈에 보이는 것이 좋을 수도 있지만 안 보이는 곳은 상상의 여유도 생기고 대화할 수 있는 원인도 된다는 것을 안다면 이렇게 무모한 일이 없었을 것이다.

'백련산을 사랑한다면 지정된 등산로를 이용해 주십시오.'라는 문구로 '샛길폐쇄' 팻말을 부착하고 샛길을 폐목으로 가로질러 막고 있다. 이것은 숲과 나무 보호는 물론, 생태계를 보호하기 위함이라 생각한다.

"이게 뭡니까?"

한편에서는 수십 년 된 나무를 훼손하고 다른 쪽에선 생태계를 보전하겠다며 샛길을 폐쇄하는 모순적인 관리는 시정 되여야 할 것으로 생각한다. 은평정을 조망대로 활용하려면 주위에 있는 수종을 바꿔야 할 것이다. 그렇지 않으면 잘린 나무에서 새싹이 나와 자라면 주기적으로 잘라야하는 번거로움이 생기고 나무에도 계속 상처를 입히는 일이 반복될 것이다.

　녹번동 뒤 은평구청에서 만들어 놓은 '백련산에서 바라본 은평 조망 명소'에서는 매봉산, 도시 자연공원, 봉산7코스, 서북병원, 봉산정[해맞이공원], 서오릉 고개, 앵봉산 7코스, 은평구청, 앵봉산, 녹번동, 근린공원, 은평 뉴타운, 통일로, 녹번역, 향로봉, 비봉, 나한봉, 보현봉 등이 조망되며 마포구청에서 매봉산에 만들어 놓은 '매봉산 우수 조망 명소'에서는 북한산, 불광천, 백련산, 인왕산, 안산 등이 조망되고 '무장애길 조망 명소'는 봉산, 북한산, 디지털미디어시티역, 불광천, 백련산, 인왕산, 안산 등이 조망된다. 이와 같이 시야에 방해 없이 조망할 수 있는 곳에 설치하여 나무에 피해가 없도록 하는 것이 바람직한 일이며, 조망대를 찾은 시민들도 마음 편히 조망할 수 있을 것이다.

갑질

　　　　　　　　77세 희수를 맞아 경비원 7년을 끝으로 공직에서 정년퇴직하고 친구의 회사에서 4년을 합해서 직장생활 40년을 마감하니 감회가 새롭다. 특히 경비원으로 근무하면서 억울하게 당한 일이 아직도 생생하고 분하다. 사건의 발단은 2014년 10월 말일 경이다. 재활용장에서 분리작업을 하는데 ○호에 거주하는 남성이 들어와 쓰레기를 버리기에 말을 걸었다.

　"운동을 열심히 하시데요. 참! 폴리스맨 출신이시라면서요? ○호에 계시는 분도 파출소장 출신이신데…"

　그는 대답도 없이 불만스런 표정으로 입속말을 중얼거리며 자리를 떴다. ○호에 처음 입주할 때는 모녀만 왔고 얼마 후 여식은 나갔다. 그리고 몇 년 후에 남성이 들어와 살기 때문에 성명도 모르는데 매일 아침 일찍 운동을 다녀 마주치면 눈인사만 하는 관계였다. 주민들로부터 경찰 출신이란 말을 들은 바 있어 나의 고등학교 동창 중에 경찰로 정년퇴직한 친구가 많아 대화를 하고 싶은 순수한 나의 생각이었다.

몇십 분 후, 내가 한 말을 부인에게 전해 부인이 관리소장에게 남편이 화가 많이 났다며 항의했단다.

"경비가 신원 조회 등 사생활을 침해했다."

소장이 사과했다고 나에게 말해 주었다. 나의 본뜻을 잘못 받아들인 것 같아 부인을 만나 '잘못했다'고 사과했다. 그리고 남편에게도 사과하려고 두 번이나 말을 걸었으나 '필요 없다'며 자리를 피했다. 그리고는 용역회사에 전화를 걸어 나를 해고하라고 종용했으나, 해고사유로는 적절하지 못했다. 곤란한 처지에 있는 것을 인지한 아파트 자치회장이 ○호에 찾아가 나의 뜻을 전했는데, 완강히 거절하며 "해고하든지, 아니면 아파트를 팔고 이사 가겠다."며 "자치회장은 빠져라, 우리들이 알아서 하겠다." 했단다.

11월 23일 열두 시경에 재활용분리장에서 그를 만나게 되어 먼저 말을 걸었다.

"안녕하십니까? 제 말을 많이 오해하신 것 같습니다."

그는 아직도 화가 풀리지 않은 듯 말을 끊었다.

"당신 하고는 말 안 해!"

내가 "폴리스 맨 출신이라면서요?" 하고 물은 것이 사생활침해가 되어 해고의 사유가 되는지 궁금하다. 경찰이 혐오의 직업도 아니고 국가 공무원으로서 국민의 생명과 재산을 보호하고 범죄의 예방과 공공의 안녕을 유지하기 위해 행정과 긴박한 현장실무를 겸해야 하는 얼마나 떳떳하고 자랑스러운 직업인가. 본인이 말하기 전에 남이 알아주면 고맙게 생각하고 재직시절의 무용담과 미담도 말할 수 있을 텐데 이렇게 화를 내고 사회적으로 약자인 경비의 목을 치겠다고 하니 파리 같은 목숨이 위태롭다.

11월 26일에도 부부가 용역회사를 찾아가 큰 소리로 소란을 피웠다고 한다. 용역회사에서도 시끄러우니 궁여지책으로 입사 후 현재까지 한 번도 재계약을 한 적이 없는데 10월 28일에 소장이 근로계약서를 가지고와 형식적이라며, 서명날인을 요청해서 제출한 근로계약서를 근거로 12월 31일로 계약이 만료되어 계약을 해지한다고 통보를 받았다. 이는 56세대가 거주하는 아파트에 1세대의 법도 아닌 떼에 못 이겨 한 가장의 직업을 계약기간 만료일을 1개월 3일 앞두고 해임 통보한 것이다.

근로계약서를 같이 제출한 경비원 중 본인만 해고 통보한 이유는 1세대의 말도 안 되는 투서에 용역회사가 손을 든 것이다. 너무나 억울하고 분해서 나도 주민을 상대로 해고의 사유가 부적절하다는 서명을 46세대에서 받아 용역회사에 제출했다.

부부는 계속해서 나를 비방하는 대자보를 붙이고 있으나 주민들의 반응도 시원찮고 용역회사를 찾아가도 주민 80%이상이 해고를 원치 않는다고 서명 날인하여 제출한 근거로 해고를 할 수 없다고 했다. 주민자치회 날짜가 다가오니 그렇게 완강하게 나가던 남성이 경비실에 나와 소장이 있을 때 찾아와 날도 추워 자치회하기도 그러하니 좀 있다가 소장과 같이 자기 집에서 차 한 잔을 하자고 말했다. 자치회도 내 문제로 열리는 임시회이다. 이미 80%이상이 해고를 원치 않고, 많은 주민들이 한 세대 때문에 아파트가 시끄럽다며 자치회가 열리기 기다리는 실정이었다. 분위기를 파악한 부부는 소장과 나를 집으로 초대하여 차를 나누었고, 나는 나의 본뜻을 전달하고 화해하였다.

경비는 내가 봉급을 주고 고용하였으니 마음대로 해고 하겠다는 '갑질' 행위였던 것이다. 장수의 시대를 맞아 50, 60대에 정년하여 긴 세월을 허송하지 않으려 경비를 하는 고급 인력도 이젠 많아졌다. 갑질보다는 서로 존경하고 믿음 있는 사회가 되었으면 하는 바람이다.

적십자의 힘

나와 대한적십자의 인연은 1970년도 11월 중순경에 서울 적십자병원 입사로 시작된다. 관리과, 원무과, 서무과 등에서 근무하였으며, 1989년 4월 1일 혈액분획제제사업소가 본사 직할기관으로 발족함에 따라 그곳 서무과장으로 발령받았다. 나는 19년 동안 서울 적십자병원에서만 근무하였으므로 병원 외의 사업에 대해서는 문외한이었다.

임지에 가 보니 본사 총무부 옆 4~5평 정도의 사무실과 기관장인 의사 박영 박사와 나와 함께 발령받은 본사 총무부에서 온 백옥숙이라는 여직원 한 명 뿐이었다. 책상 하나와 소파 하나가 사무실 집기의 전부였으니 마치 복덕방을 연상케 하는 초라한 사무실이었다.

혈액분획제제사업소가 적십자 산하 기관으로는 명칭이 어색하여 사업목적과 일맥상통하는 혈액분획제제연구소로 개명했다. 소장 박영 박사의 연구소 설립목적은 현재 제약회사 두 곳에 납품하는 혈장을 연구소 내에 혈장분획 공장을 만들어 순수한 자국의 헌혈로 적십자 표장

무사한 준공을 위하여…

이 새겨진 알부민을 만들어 자국민 환자에게 제공함을 목적으로 한다.
1차적으로 한 공정만 분획하여 납품하여도 혈장으로 납품하는 것보다
많은 부가가치가 있다고 한다. 그리고 혈액에는 수많은 성분이 포함되
어 있어 이를 연구하고 개발하여 혈액 관련 환자의 약품을 만드는 것
이 최종 목표라 한다. 성공하면 많은 혈액 관련 환자들이 싸고 안전한
약품을 제공 받을 수 있고 적십자의 위상도 한층 높아질 것이라 했다.

　가장 먼저 추진하는 일은 사업소를 신축할 부지를 구입하는 것이다.
수도권 지역에는 공장 허가가 나질 않아 수도권 지역에서 가장 가까운
충청남북도를 매일 같이 다니며 부지를 물색하던 중 충북 감곡면에 있
는 공인중개사로부터 공장 부지를 소개 받았다.

　국도변에 있는 비포장 도로로 한참 들어가 목적지에 당도해 보니, 뒤

준공기념사진. 가운데 줄 좌측 네 번째가 필자.

에는 야산이 있고 양 옆으로 마을이 있고 앞은 확 트여 장호원 시내가
바라다 보이고 부지가 3단으로 조성되어 있었다. 소장 박영 박사가 부
지도 마음에 들고 공장에서 가장 중요한 지하수도 많을 것 같다며 상
부에 보고하기로 결정했다.

날을 잡아 김상협 총재 이하 본사 부장들을 대동하여 부지를 보여드
리고 의견을 수렴하여 구입키로 결정하였다. 전체 부지는 17,000여 평
으로 지목은 밭, 과수원, 임야, 대지, 구거 등으로 되어 있었다. 밭과 과
수원 등의 농지는 우리 적십자사와 같은 법인에게는 등기를 할 수 없
을 뿐 아니라 공장도 신축할 수 없다. 그러므로 관련기관에 농지 전용
허가를 받아 농지대체 조성비를 납부하여야 하나 그 허가를 득하기가
쉽지 않았다.

그 시절만 해도 공장 하나 서류 만드는데 3년이란 기간이 걸린다고 했다. 건축허가, 의약품제조업 및 제조품목허가 등을 받기 위해 복지부, 건설부, 농림부, 충북도청, 음성군청 등 관계기관을 매일 같이 찾아다니며 '적십자' 이름을 걸고 추진하였다.

1990년 7월 24일 기공식 날. 웬 비가 그렇게 많이 쏟아지는지 비포장황토 흙은 차량통행에 어려움은 말할 것도 없고 행사진행에 차질을 빚었다. 나는 내빈 영접으로 우산을 들고 이리 뛰고 저리 뛰어 작업복을 벗어버리고 모처럼 입은 정장차림이 비에 흠뻑 젖었고 모양새는 비 맞은 생쥐 모습이었다. 분획동 신축이 시작되었다.

기공식 날 비바람이 예고했듯이 시멘트 파동과 인건비 상승으로 전국적으로 건축공사에 차질을 초래하였다. 레미콘회사에서 영업을 다니며 자기네 물건을 써 달라고 부탁하는 시절은 옛이야기가 되었고 시공자가 커미션과 선금을 주고 부탁하는 시대로 변했다. 그래도 시멘트 구입이 원활하지 못하여 본사 전유윤 사무총장이 직접 나서서 구입해 주기도 하였다.

많은 분들의 적극적인 도움으로 1991년 7월 20일 분획동공장준공식을 하게 되었다. 공군사관학교의 군악대를 초청하고 지역의 민태구 국회의원, 보사부차관, 이원종 충북도지사, 음성군수 등 지역 기관장과 꽃동네 오 홍진 신부 등 외빈과 적십자 산하 기관장 및 간부직원, 지역주민 등 200여 명이 참석하여 검소하고 간략하게 준공식을 가졌다.

계획 대로 제2차 연구동도 1993년 9월 7일 준공되어 강영훈 총재님을 위시하여 적십자 산하기관만 초청하여 간단하게 준공식을 가졌다. 소장 박영 박사와 백옥숙 직원, 운전기사까지 네 명이 서울에서 출퇴근하면서 구입한 부지 밭 한 귀퉁이에 판넬 가건물에서 점심은 라면을 끓여 김치는 마을에서 얻어먹던 생활을 청산하고 반듯한 사무실에서 근무하게 되었다.

직원도 연구원을 비롯해서 50여 명으로 늘었고 주변 환경도 많이 변했다. 차량 한 대가 겨우 다닐 정도의 비포장도로는 2차선 도로로 확장해 포장하고 마을에도 간이수도 시설을 만들어 주었으며 감곡면에서 주관하는 기관장회의에도 참석해 지역주민과도 유대를 강화했다. 교통이 좋아지니 주변에 대학이 설립되고 그에 따른 부대시설도 생겨 지역발전에 많은 도움이 되었다.

혈액분획제제사업소에 발령 받고 3년여 동안 관리직 혼자서 동분서주하면서 연구동 준공으로 안정된 근무를 할 수 있어 정년도 얼마 안 남아 이곳에서 정년하려고 마음 먹었는데 1996년 6월 본사 혈액사업본부 혈액관리부 회계과장으로 발령이 났다. 근무 중, 수혈연구원이 본사 직할기관으로 발족되었고, 다시 혈액수혈연구원 행정부장으로 사령장을 받고 1998년 12월 30일로 정년퇴직하였다.

혈액분획제제사업소, 혈액분획제제연구소, 혈장분획센타로 변천하였다. 정년퇴직하고 16년이 지나 돌이켜 보니 보람도 있고 아쉬움도 있지만 어려운 여건에도 의약품제조허가를 득하고 조기에 공장을 완공함은 '적십자의 힘'이라 생각한다. 그러나 아직도 최종 목표는 달성하지 못하고 있음을 아쉽게 생각하며 본사 차원에서 적극적으로 추진하여 혈액 관련 고급 인력을 채용하여 적십자의 표장이 붙은 제품이 만들어졌으면 하는 마음이 간절하다.

끝으로 혈액분획연구소 분회동 준공식에 물심양면으로 도와준 충북지사 김총진 사무국장, 김동진 총무과장, 유재형 과장, 충북도청 의학계, 음성군청 고 계장, 감곡면장, 단평2리 이장 및 주민들과 본사 이병웅 기획실장, 이영구 과장, 박기륜 행정부장 등 여러분들께 이 지면을 빌어 감사드리며 혈장분획센타의 무궁한 발전을 기원한다.

반쪽 태극기

2000년 8월 15일 아침 7시에 모이기로 한 역천동 주택은행 앞으로 나갔다. 닭꼬치 공장을 하는 허 사장이 짧은 반바지에 남색 안경을 쓴 채 야자수 그림이 그려져 있는 남방셔츠를 입고 운전석에 앉아 "오늘은 제가 기사입니다." 하며 반갑게 인사를 청한다. 음식점을 경영하는 김 사장은 LA 글자가 들어있는 운동모자에 녹색 안경을 머리에 걸치고 휴대폰으로 통화하며 손을 흔든다. 작달막한 키에 장타령 모자를 눌러쓰고 특별나게 긴 바지에 운동화를 찌그려 신은 특수인쇄 기술의 장인인 김수임 씨, 식당을 하다가 전직하여 화장품 회사에 다니며 과장, 국장을 거쳐 지금은 수십 명의 직원을 지휘 감독하며 이사로 활약하고 있는 맹렬 여성인 조 여사가 정장 차림으로 "회장님 어서 오십시오." 하고 인사를 한다.

정장한 조 여사를 보고 같이 못가는 것 아닌가 불안한 생각을 하며 "총무는 웬 정장?"(조 여사가 모임의 총무를 맡고 있다.) 하고 의아한 눈초리로 물으니 커다란 백을 들어 보인다.

"걱정 마십시오, 이 안에 전부 들어 있습니다."

"그럼 안심이요, 그런데 김 여사는?"

"집안에 갑자기 행사가 생겨 못 온답니다."

"서운하군."

대기한 봉고차에 올라타고 구산동에서 기다리는 박 사장에게로 출발했다. 하얀 등산모에 알이 커다란 색안경을 끼고 청색 반바지에 샌들을 신고 배낭 및 먹거리 봇짐을 쌓아 놓고 기다리는 박 사장 앞에 차를 세웠다. 봇짐을 차 뒤에 싣고 박 사장이 내 옆에 앉으며 인사한다.

"회장님 그 간 별일 없으시죠?"

"염려 덕분에 이렇게 건강합니다."

박 사장은 요즈음 허준 연속극 덕분에 매기가 좋다는 매실 음료 도매상을 한다. 사업 전에 매실 원액이 들어 있는 상품을 가져와 소주에 타서 시식해 보니 시중에서 고가로 파는 매실주의 맛과 꼭 같고 먹기도 순해서 좋았다. 술집에 납품해서 한때 '맥스롱'을 희석해서 먹는 방식으로 유행만 된다면 장사가 될 것 같다고 말한 바 있다.

"박 사장 사업은 잘 됩니까?"

"아직은…… 지금 판매처를 계속 늘리고 있습니다."

"대성하기 바랍니다."

일산에서 보증보험 대리점을 하는 조 사장과 갓난아이가 좋아 시간만 나면 산모 조리원에서 일을하는 정 여사를 태웠다. 목적지인 영종도를 거쳐 무의도를 가기 위해 경인고속도로에 접어들었다. 달리는 차 창문으로 시원한 아침 공기가 기분을 상쾌하게 만든다. 뒷좌석에 앉아 있는 박 사장이 기사노릇을 하는 허 사장에게 농을 건넨다.

"풍악을 울려라!"

"네! 알겠습니다."

허 사장은 카세트 테이프를 찾아 끼우고 스위치를 눌렀다.

"가자가자가자 바다로 가자 물결 넘실 춤추는 명사십리 해당화 안타까운 젊은 날의 로맨스 를 찾아서 헤이……"

모두 따라 부르며 손뼉을 치며 즐거워했다. 일행 여덟 명 중 나를 제외하고는 가정에서 할아버지, 할머니 소리를 듣는 사람들이 동심으로 돌아간 듯 밝은 표정들이었다. 나이를 많이 먹거나 적게 먹든 여행을 한다는 것은 누구나 좋아하고 마음이 들뜨게 하는가 보다.

여덟 시에 인천 월미도에 도착하니 우리보다도 더 부지런한 사람도 많은 것 같다. 벌써 도선하려는 차량 행렬이 100m 정도는 늘어서 있다. 영종도로 건너와 새로 만든 도로를 따라 달리니 왼편엔 넓은 바다 오른쪽에는 거대한 영종도 신공항 건설현장이 눈에 들어 왔다.

무의도가 건너다 보이는 솔밭에 텐트를 치고 점심으로 농어, 우럭회와 매운탕을 끓였다. 회원으로 같이 활동하다 미국으로 이민간 임 여사가 우리의 모임소식을 듣고 인편으로 보낸 양주(시바스리갈)를 반주로 먹고 낚시할 사람은 낚시도구를 챙겨 방파제로 나갔다. 나는 혼자 해변으로 나갔다. 짭짜롬한 바닷내음, 확 트인 수평선, 끼룩끼룩 갈매기 소리, 시원한 바닷바람. 모두가 도시의 빌딩 숲에서는 맛볼 수 없는 해변의 자원이다. 방파제에 한가롭게 정박한 고기잡이배가 만수된 바닷물에 흔들리고 있다. 무심히 배의 깃발에 눈이 갔다. 태극기가 팔락인다. 그런데 유심히 바라보니 바람에 찢겨나간 반쪽짜리 태극기였다. 다른 배도 보았다. 역시 반쪽짜리 태극기가 팔락인다. 바람에 찢겨

나갔으니 펄럭이지 못하고 팔락이고 있는 것이다.

태극기는 대한민국의 국기이다. 흰 바탕의 한 가운데 태극을 양陽은 진홍빛으로 음陰은 남빛으로 그리고 건乾 곤坤 감坎 리離 네 괘를 사방 대각선상에 그린 것이 태극기다. 국기의 사랑은 나라의 사랑이고 귀중하게 생각하고 함부로 찢거나 구기지 못하는 것으로 배웠고 더러워지면 버리지 않고 태워 없애는 것으로 안다.

군에서는 국기 게양식, 하기식에 군악대는 물론 전 장병이 참석하여 엄숙하게 진행하였고, 국기에 대한 사랑과 애국정신을 철저하게 교육했음을 군대를 갔다 온 사람이면 누구나 알 수 있다. 사회에서도 하기식을 알리는 애국가가 나오면 가던 걸음을 멈추고 국기에 대한 예禮를 차렸고, 극장에서도 영화 상영 전에 국기에 대한 경례부터 시작되기도 했다.

문민정부를 거쳐 국민정부를 맞으며 강제성의 애국과 강요된 의례 행위가 자유로워진 것에 대하여 찬사를 보내지만, 국기에 대한 국민의 사랑과 관심이 해이해져 가는 것만 같아 마음이 안타깝다. 역사적인 남북정상이 만나는 날, 모 대학에 인공기가 걸렸다는 신문 기사를 보고 왜 마음이 착잡해질까? 우리의 태극기는 어디가고…. 오늘은 광복절 또 남북이산가족 상봉의 날에 이러한 반쪽 태극기를 보기가 민망스럽다. 이제 국기는 시대적으로 무의미해져 국민의 관심 밖으로 밀려난 것일까?

55년 전의 광복절을 상기해 보자. 거리에는 태극기가 물결치고 사람들 양손에는 태극기를 흔들며 목이 터져라 외친 "대한독립만세!" 함성이 귓가에 쟁쟁하건만 오늘 광복절의 태극기는 국민들의 무관심속에 주택가나 아파트 단지에도 눈으로 셀 수 있을 정도에 불과하다. 너무나 대조적인 것 같다. 오늘의 초중고대학생 중 태극기를 정확하게 그릴 수 있는 학생이 과연 몇 명이나 될지 의심스럽다. 국기는 나라의 상징이다. 국기인 태극기를 사랑하고 존귀하게 여기는 마음가짐을 광복 55주년을 맞는 날, 다시 한 번 다짐해야 하겠다.

수출산업의 역군이 되다

옛말에 '나무는 큰 나무 덕을 못보고 사람은 큰 사람 덕을 본다'는 말이 있다. 이 말의 의미는 큰 나무 밑에 있는 작은 나무는 큰 나무의 그늘 때문에 햇볕을 못 받아 잘 자랄 수 없고, 큰 사람이란 권력과 세력이 아니더라도 학문과 지식, 그리고 남을 도울 수 있는 여건에 있는 사람이 도와주는 것을 말하는 것이다.

정년퇴직하고 회갑도 지난 나에게 일자리를 준 사람이 있다. (주)일룡금속의 이인구李仁求 사장이다. 이인구 사장은 나와 안성 안법고등학교 동창이고 재경 안법 8회 동창회 회장직에 있어 총무 일을 보는 나와는 자주 대화도 나누고 2개월에 한 번씩 꼭 만난다. 그래서 무료하게 지내는 나의 처지를 잘 알기에 부탁하여 '공장에 내가 할 수 있는 일이 있으면 일할 수 있도록 기회를 달라'고 해서 이루어진 것이다.

(주)일룡금속은 1976년에 창립 이후로 냉각압조방식에 의한 고품질의 특수 볼트 및 사프트, 릴레이, 코아 등 1mm에서 200mm 크기 3,000여 종의 다양한 특수 제품을 주문 생산하고 있다. 대지 1,000평 위에

건평 1,300여 평으로 제1공장, 제2공장, 열처리실, 창고 등이 있으며 총무부, 영업부, 생산부, 품질보증부 등 각 부서의 사원들은 이인구 사장의 좌우명 〈규칙1, 고객은 항상 옳다.〉〈규칙2, 고객이 잘못되었다고 생각하면 규칙1을 다시 읽어라〉〈규칙3, 고객은 왕이다.〉 아래 고객의 욕구를 충족시키고자 끊임없이 노력하고 있는 회사다. 제품 중에는 일본, 중국, 싱가포르, 말레이시아등에 수출하는 것도 있으며 해마다 그 수출양이 늘어나는 실정이다.

연간 매출액이 36억 정도의 중소기업으로 30년 이상 함께 한 직원을 위시하여 전 사원 40여 명으로 똘똘 뭉쳐 불량제품 제로를 목표로 열심히 일하고 있다. 회사의 작업공정도는 계약 검토─자재─헷다─가공(전조)─열처리─머리붙임─도금─선별─포장─출하 등으로 되어 있다. 내가 일하는 선별실에는 공무원으로 33년 근무하고 정년퇴직 후 나보다 먼저 입사한 고교 동기동창인 황 형과 군에서 제대 후 곧바로 입사해 1년 정도 된 최 동철 군, 나를 포함해 세 명이다.

정년퇴직 전에도 행정 사무직 일만 한 나는 생산일은 전무한 상태이다. 모든 것이 새롭고 걱정이 되지만 6개월 선배인 동창 친구와 나의 막내아들 보다 어린 최동철 군이 선별 방법 및 기계조작, 안전 관리 등을 상세하고도 자상하게 가르쳐 주었다. 처음에는 기계소리에 말하는 소리도 잘 안 들리고, 돋보기를 쓰고 작은 제품을 선별하는 일은 눈을 많이 피로하게 하고 선별기에 투입되는 제품박스와 선별된 제품의 박스무게 20kg도 만만치 않았다. 두통과 팔다리도 아파 도저히 근무를 못할 것 같았으나 한 달여 지나니 두통도 없어지고 팔에는 알통이 생기고 밥맛까지 좋아졌다.

선별실에서 하는 일은 생산된 제품 중에서 불량한 것을 육안 또는 기계로 선별하는 것이다. 육안 선별은 기계선별로 불가능한 찍힘, 도금 불량, 터짐 등을 눈으로 보고 골라내는 작업이다. 기계 선별에는 진동 선별과 로라 선별 두 가지가 있다. 진동 선별기는 진동하는 선별기 몸체의 센서에 의해 제품이 투입되면 진동으로 인해 나선형으로 제작된 선별기를 따라 제품이 올라와 정품만 통과할 수 있도록 조작된다. 통로를 통과하면 정품으로 분류되고 규격이 위반된 제품이나 이물질은 정품이 통과하기 직전에 분리되어 밑으로 떨어진다. 로라 선별기는 돌아가는 막대 모양의 로라와 로라 사이를 조작된 규격의 제품만 통과하고 이물질과 불량제품은 분리되어 선별된다. 나는 진동 선별기를 보고 있으면서 일렬로 질서정연하게 차례대로 선별되는 모양을 보고 질서가 아름답다는 것을 느끼기도 했다.

차례를 지키지 않은 새치기, 세로로 있어야 하나 가로로 위반한 것, 곧추 선 것, 한데 엉켜 있는 것 등은 정품 선별 전에 모두 탈락되어 처음부터 다시 차례를 기다려야 한다. 이 얼마나 엄정한 심사인가? 그러나 우리 인간 사회를 뒤돌아보자. 새치기하는 자가 빨리 가고 법을 어기는 자가 이 선별기처럼 질서와 정도가 아니면 뒤처지는 바른 사회는 언제나 오려는지.

(주)일류금속에 입사하여 첫 번째 느낀 것은, 이 회사와 같은 건물을 관리하려면 최소한 남녀 각 한 명의 고용인이 청소와 위생기구를 관리하여야 할 것으로 판단되나 이 회사는 개인별로 담당구역이 있다. 화장실, 세면장, 복도, 휴게실, 식당 등 층별로 구역을 정해 담당자가 출근하면 작업 전에 담당 구역을 청소한다. 누가 시켜서 하는 것이 아니

고 모두 솔선해서 한다. 이사 직책을 갖고도 대걸레로 사무실 청소를 하고 부장, 차장도 막힌 하수구를 뚫고 사장도 출근하면 사원과 똑같이 작업복으로 갈아입는다. 이렇게 임원과 사원이 한 마음으로 뭉쳐 일하므로 IMF시절에도 굳건히 살아남을 수 있었던 것이다.

이인구 사장은 투명한 경영과 사원들의 후생복지에 특별한 관심을 갖고 투자한다. 사원들의 학자금 지원, 기혼자에게는 사원 아파트를 대여하여 줌으로써 빠른 시일에 자기 집을 장만할 수 있도록 도움을 준다. 그리고 사원들이 공부하고 연구하도록 하기 위해 새로운 기술개발과 훌륭한 제안자에게는 포상하여 창의력을 북돋아준다. 공장 확장 시 사용할 부지로 사 놓은 땅에는 채소 등 농작물을 심어 사장이 손수 가꾼 무공해 채소를 직원 식당에 공급하여 부식으로 사용하고 일찍 출근하는 사원과 늦게 퇴근하는 사원들이 식사할 수 있도록 항상 준비해 둔다. 휴게실에는 당구대 두 대가 있고, 탁구대, 장기, 바둑, TV 등 체력을 단련할 수 있는 운동기구를 비롯하여 독서도 할 수 있도록 수 백 권의 각종 도서도 구입해 놓았다.

재미있는 것이 하나 있다. 촉탁 직원인 나와 나의 친구 황 형은, 사원 중 가장 고령자로 직함이 없으니 나이가 적은 사원들은 '아저씨'라 부르고, 보직을 갖고 있으며 나이가 많은 사원은 '사장님'이라고 부른다. 공직에서 정년퇴직한 우리 둘은 '사장님'이란 직함이 거북하고 부담스러워 먼저 태어났으니 '선생님'이라고 불러달라 했지만 그것도 잘 안 된다. 그래서 나는 '아저씨' '사장님' '선생님' 소리를 들으며 젊은 사람들과 함께 호흡하고 수출산업의 역군이 된 것을 자랑스럽게 생각하며 오늘도 열심히 일을 하고 있다.

실버들의 직업위기

　　　　　　　배려하는 마음이 얼마나 중요한가를 새삼
느낀 날이다. 오랜만에 만난 선배와 점심을 하면서 실버들의 애화哀話
와 직장의 위기를 들을 수 있었다.

"선배님, 아직도 용돈 버신다고요?"

"이제 그만 뒀어."

"그만 두실 때도 됐죠, 쉬시면서 건강이나 신경 쓰세요."

나는 선배가 칠십 중반이 넘은 나이라서 힘에 부쳐 스스로 그만 둔
것으로 알았으나, 술 한 잔을 하면서 그만둔 사연을 들으며 실버들의
일자리가 좁아지고 또 없는 이유를 단편적으로나마 알 수 있었다.

선배도 젊은 시절에는 을지로에서 인쇄업을 하면서 사장님 소리를
들어가며 사남매를 훌륭하게 키워 짝지어 출가시키고 두 내외만 살고
있다. 아무것도 안하고 보내는 세월이 안타까워 무료함을 달래고 용돈
도 생기는 주유소 주유원으로 일하게 되었다. 일을 시작할 때에는 불
편함과 실수는 없었다고 한다. 4~6년 하다 보니 실수가 자주 생기고

고객들과도 다툼이 잦아졌단다. 말다툼의 원인은 고객이 요구한 주유량의 차이였다. 고객이 '이 만원'이라한 것을 '오 만원'으로 알아듣고 오 만원을 주유하고 '칠 만원'은 '십 만원'으로 주유하다보니 고객들과 다툼이 생긴다는 것이었다. 기름을 적게 넣은 것은 더 넣어주면 되는데 많이 넣은 것은 돈이 없다며 기름을 빼라는 데서 다툼이 생긴다는 것이다.

지금도 큰 소리로 말하면 잘 알아듣고 불편함이 없는데 정상인이 하는 대화로 하면 알아듣기 어렵다고 한다. 고객 중 젊은 사람들은 차 유리문을 열고 "할아버지, 삼 만원!" 하면서 손가락 셋을 세워 알려주고 또는 "영감님, 오 만원!" 하며 다섯 손가락을 펴 알려주면 목소리는 잘 못 들어도 쉽게 알 수 있어 실수가 없고, 차 유리문도 열지 않고 차 속에서 말하는 고객의 소리는 알 듣기가 어려워 실수가 많다고 했다.

나는 종로 종묘공원을 지나가는 일이 많다. 친구 중에 사십 년 이상 종로4가에서 금은방을 운영하면서 시계를 수리하는 고향 친구가 있기 때문이다. 공원에는 항상 많은 사람들이 모여 있다. 카세트로 음악을 틀어 놓고 손뼉치고 춤추며 노래하는 사람, 장기와 바둑판을 중심으로 빙 둘러 서 있는 구경꾼의 훈수로 왈가왈부 언성도 높아진다. 의자에 누워 신문지 한 장으로 얼굴을 가리고 코를 골며 단잠을 자는 사람, 그 옆에선 소주병에 과자 부스러기 몇 개 놓고 술을 마시며 현 시국에 대해 열변을 토하기도 한다.

"간첩 빨치산이 죽어 열사가 되고 영웅이 된다면 그들과 싸우다 죽고 다친 6.25 참전 용사들은 역적이란 말인가?"

마주 앉아 소주잔을 들고 있던 60대 후반의 남자가 잔에 든 술을 입에 털어 넣고 이야기 한다.

"동국대학교 장정구 교수가 6.25는 북한 지도자에 의한 통일 전쟁이고 맥아더가 아니면 통일이 되었다. 게다가 맥아더가 통일을 가로막은 원수라고 공공연하게 떠들어 경찰의 구속 수사 의견에 사법 수장인 천정배 법무장관이 지휘권을 행사해 김종인 검찰총장이 사표를 낸 자리에서 떠나는 현 상황이 무엇이 옳고 잘못인지 아리송한 세상이야."

"그러니까 이 땅에 빨갱이가 많다는 거야. 간첩 잡았다는 소리를 들어 본적이 옛날이여, 옛날."

"자, 자 그만해. 지금이 어느 때인데 이념 논쟁하느냐며 수구 꼴통이라고 혼나지 말고."

"알았어, 자! 한 잔하자고."

둘이는 술잔을 마주치고 나서 술을 입에 털어 넣는다.

"크-윽, 술맛 좋다!"

또 다른 곳은 붓글씨를 쓰며 주위사람에게 글의 뜻을 열심히 설명해 주지만 구입하는 사람은 한 사람도 못 봤다. 공원을 배회하는 사람은 어림잡아 백여 명은 될 성 싶다. 이렇게 많은 사람이 실버라는 이유로 허송세월하는데 이런 사람들에게 일자리를 주면 어떨까 하고 눈여겨 보니 육체를 움직이는 단순 업무는 충분히 할 수 있겠다는 생각이다. 모집 시 면접을 하면서 올바른 정신과 체력을 갖추었으니 맡은 일은 열심히 할 것이라고 생각해서 일자리를 주면 좋을 것 같은데 말이다.

친구는 두 평 정도의 점포에서도 수리할 시계를 지방에서 모집하여 가져와서 분해 소제, 케이스 갈이, 심보 교체 등을 해주고 제법 짭짤한 수입으로 집도 장만하고 자식들도 모두 분가시켜 잘 살고 있었다. 그러나 이젠 시계가 고장 나면 버리고 새로 산다. 시계 값이 싸서 수리하여 쓰지 않기 때문이다. 종로 일대가 금은 보석 전문 상가로 변하며 화려한 진열과 휘황찬란한 간판으로 고객 유치 경쟁이 치열한 현실이다. 두어 평 정도의 진열은 눈에 들어오지도 않고 시계 수리는 전무하니 점포 임대비도 부담하기 어렵게 되어 시계 고장 수리의 대가인들 무용기술이고 실버에 실업자가 되었다.

40년 전만해도 사진은 사진관에서만 찍고 야외 사진도 사진관에서 출장 나와 찍어 주었다. 카메라의 개인 소지가 극히 드문 시절에는 소풍이나 여행 때에도 사진사를 대동하고 가야 했으니, 사진사의 인기가 대단했다. 지금은 카메라가 없는 가정이 드물 정도로 보편화되더니 이젠 디지털 카메라까지 나와 사진관에서 사진을 찍는 일이 거의 없다. 웨딩 사진도 대기업에서 웨딩 박람회를 열어 일 년치 예약을 받아 처리하니 사진관에서는 할 일이 없다면서 이제 사진관을 접어야 하겠다는 고등학교 동기동창의 말에 시대의 변화를 실감한다. 동네에 있는 양복점 신 사장은 나와는 형님 동생 하면서 지내는 막역한 사이다. 나도 삼십 년 직장 생활을 정년하고 4년을 친구의 사무실과 공장에서 일을 도왔다. 이젠 모든 일을 접고 모임이나 약속이 없는 날은 양복점에서 또래의 몇 사람이 모여 담소하며 TV도 보고 신문을 보면서 현 여권 정치인들의 막말과 편 가르기 발언에 열변을 토하기도 하는 장소이다.

최고 통수권자인 대통령의 발언 중 "대통령 못 해 먹겠다.(2003. 5. 18. 행사추진 간부들을 만나서)" "이쯤 되면 막 가자는 거죠?(2003 검사와의 대화에서)" "대통령에 대한 불신임 운동과 퇴진 운동으로 느끼고 있다(2004. 7. 8. 인천지역혁신발전 5개년 계획토론회)" "눈앞이 캄캄하다.(측근 비리를 처음 알았을 때)"언론사가 기득권을 지키기 위해 반대하고 있다." 수도권 이전 반대에 대한 천정배 원내대표는 "정권 흔들기 그 저변에는 수도권의 부유층 상류층의 기득권 보호적 측면이 있다고 생각한다.(2004. 7. 기자 간담회)" "저주의 굿판을 걷어 치워라.(청와대)" 유시민 의원 "6-70대가 되면 뇌세포가 달라진다." "나는 한나라당 박멸의 역사적 사명을 띠고 태어났다." "경국대전 밑에 사느라 고생 많다." 이해찬 총리 "조선 동아는 더 이상 까불지 마라 내 손안에 있다." 명계남 "나는 노무현 대통령의 호위병, 우리의 희망 돼지를 사기라고 한○○ (인터넷 논객)은 길거리에서 나하고 만나면 죽을 줄 알아야 한다." "내 맘이다 어쩔래?" 2006. 1.12일에는 천정배 법무장관이 대통령을 비판하는 신문기고를 향해 "X도 모르는 놈들이 대통령을 조롱한다.(법무부 기자 간담회)" 저잣거리 패악질에 가까운 육두문자로 비판했다. 'X'가 무슨 뜻인지 모르지만 일반적으로 쌍욕을 할 때는 남녀의 성기를 표현하기 때문에 한나라에 장관으로 더구나 법무장관으로서의 자질은 의심하는 발언이라고 비판도 한다.

신 사장이 지방에서 고등학교를 졸업하고 기술을 배우겠다고 상경하여 배운 기술은 맞춤양복 재단사였다. 신사복 중에도 가장 까다로운 상의가 전문이었다. 그 시절만 해도 신사복은 전부 맞춤이어서 한 양복점에 직공들도 서너 명은 보통이고 많은 곳은 열 명이 있어도 항상 바쁘게 일을 하였다. 덕분에 직공 생활을 하면서도 삼남매 공부시키고 30평이 넘는 보금자리도 장만하였다. 지금은 서울 변두리에 양복점 간판을 달고 직원도 두지 않고 내외가 맞춤 양복이 들어오면 재단과 재봉을 하며 염가로 제공하지만, 한 달에 열 벌도 못하는 달이 부지기수이다. 왜냐하면 시장에는 기성양복이 10~20만 원만주면 얼마든지 골라서 입을 수 있고 몇 만원 하는 것도 있다. 그러나 맞춤 양복은 대략 30만 원은 주어야 한다. 물론 기성복도 고가에 판매하는 제품도 있다. 맞춤 양복도 고급은 100만 원을 호가 하는 것도 있다. 맞춤 양복 30만 원이면 양복지 값이 10만 원, 부속 값 5만 원, 바지 수공 비 5만 원,(바지는 전문가에 의뢰). 그러면 양복 한 벌에 인건비가 10만 원이다. 한 벌 만드는데 이틀이 걸린다. 고급기술자의 인건비 치고는 터무니 없는 가격이다. 한 달에 10벌 하면 100만 원, 여기서 임대료 60만 원 빼면 40만 원 남는다. 40만 원에서 가게 공과금을 지불하면 이삼십만 원이 식비이다. 그래서 집에 생활비와 공과금은 아이들이 부담한다고 한다. 현상 유지만 돼도 복덕방식으로 가게에 나와서 사람 만나 지루하지 않고 시간 보내기 좋을 텐데, 가게를 더 이상 유지할 걱정이 태산이다.

실버들은 자기가 가지고 있던 기술과 능력이 이제 아무 쓸모없게 되었다. 다만 돈벌이가 되는 일은 몸을 움직여 할 수 있는 단순노동뿐이다. 작은 소리는 잘 듣지도 못하고 기동력도 떨어져 굼뜨다. 그러므로 좀 더 큰 소리로 말하고 손가락을 펴 숫자를 알려주고 빠르지 못 하더라도 배려하는 마음으로 참을성 있게 실버들을 대해 준다면 실버들의 일자리가 유지되어 일할 수 있다는 자부심을 갖고 열심히 일하면서 국가의 노동력 증진에도 일조할 수 있을 것이다.

나 하나 쯤 병病

병은 국어사전에 '생명체의 전체 또는 일부분에 생활기능의 장해로 인해 생활상태의 변화가 일어나 고통을 느끼게 하는 현상'이라고 풀이되어 있다. 세균에 의한 병, 바이러스에 의한 병, 유전에 의한 병 등 많은 종류의 병들이 우리 인간을 괴롭히고 있다. 염병(장질부사)이 얼마나 무섭고 완쾌가 어려웠던지 가장 심한 욕辱이 '염병 알(앓을) 놈,' '염병에 땀 한 방울 흘리지 않고 죽을 놈' 등이었다. 그러나 이런 병도 이제는 대수롭지 않게 되었다. 암, 에이즈 등 치료가 어려운 병이 나타나 세계에서 비상한 관심을 갖고 예방약 개발과 치료방법 연구에 열중하고 있다. 암도 초기에 발견하면 수술하여 고칠 수 있고 에이즈도 머지않아 정복될 것이라고 과학자들은 말한다.

어기서 말하는 하나(쯤)병은 생물체의 전신 또는 일부분에 장해를 주는 병이 아니라 사회 전체 또는 일부에 지장을 초래하는 병을 말한다. 나 하나(쯤)병 고사古事 하나를 소개한다.

옛날 한 고을에 새로 부임한 원님이 고을 백성들의 심성을 알아보기 위해 큰 단지를 하나 만들어 놓고 한 달 내에 가장 좋은 술을 만들어 한 사발들이 병瓶으로 한 병씩 갖다 부어 넣으라하였다. 술이 단지에 가득 차면 소 돼지를 잡아 큰 잔치를 베풀어 백성을 위로하고 격려하려는 원님의 뜻도 있었다. 백성들은 작은 병에 담을 술을 만들기도 귀찮고 '나 하나(쯤) 단지에 맹물 한 병을 부었다고 표시도 안 날 것이고, 또 누가 부었는지 모를 것이라고 전 백성이 같은 생각으로 맹물을 한 병씩 갖다 부었다. 큰 단지에는 맑고 향기로운 술이 하나 가득해야 하건만 나 하나 쯤 생각이 나 하나가 아닌 전 백성의 생각이 되었다. 이것이 바로 '나 하나(쯤)병'이다.

나 하나 쯤 담배꽁초를 버린다고, 나 하나(쯤) 쓰레기를 버린다고, 나 하나 쯤 침을 뱉는다고, 나 하나 쯤 준법을 어긴다는 생각이 거리에는 담배꽁초로 더렵혀지고 후미진 구석에는 쓰레기가 쌓여 악취가 나고, 지하철 통로 및 계단에는 가래침 투성이에 과소비로 석유 소비는 세계에서 6위(미국 일본 중국 독일 러시아)를 기록하고 교통법규 위반, 무질서로 교통사고는 세계에서 최고인 나라가 된 것이다. 이렇게 '나 하나 쯤 병'이 사회질서를 어지럽히고 국제적으로 망신스러운 나라를 만들기도 한다. 이제 우리는 '나 하나 쯤 병'을 고쳐야 하겠다,

방법은 '나 하나 쯤 병' 중에서 '쯤'을 떼어내고 '만은' 또는 '만이라도'로 이식 수술하여 '나 하나만은' '나 하나만이라도'로 고쳐 꽁초 안 버리기, 침 안 뱉기, 근검절약하고, 질서 지키며, 준법을 실천한다면 깨끗한 거리 친절하고 근면한 시민, 더 나아가 애국하는 국민이 된다는 것을 명심하여 참신한 생각과 올바른 행동으로 '나 하나(쯤)병' 퇴치를 국민운동으로 확산하여야 할 것이다.

법과 계단

9월 초, 새벽 다섯 시다. 어둠이 끝자락을 걷어가지 못한 증산동 봉산鳳山 등산로의 오솔길은 높낮이 구분이 어려워 조심하며 산을 오른다. 길섶 귀뚜라미, 풀벌레는 가는 계절이 아쉬운 듯 목청껏 큰소리로 울어댄다. 건너편 산에서는 휘파람새가 '휘~익, 휘~익' 휘파람 소리를 낸다. 조심스럽게 걷는 발소리에도 산새 한 마리가 포로롱 날아간다. "미안, 미안해!" 하며 새벽잠 깨운 것에 죄스러움을 느낀다. 그때 "야~호, 야~호!" 하며 큰 소리를 지르는 사람이 있다.

남쪽 지방에 많은 피해를 준 태풍 '나비' 영향에 휘둘리다 잎이 빨개진 단풍나무, 찢어져 날아갈까 노심초사한 가지 많은 오리나무의 잎은 노랗게 질려있고, 뿌리가 얕게 뻗는 아카시아나무는 쓰러지지 않으려고 버티다 기울어진 흔적, 온 힘으로 버티다 놓쳐버린 덜 익은 상수리나무의 잔해, 비바람에 놀란 산새들이 이제 겨우 곤한 잠에 빠졌는데, 사람이 외치는 야호 소리에 숲속의 평온이 송두리째 흔들리며 작은 산새 가슴을 놀라게 한다.

환경전문가 연구보고에도 동물과 식물들도 스트레스를 받으면 성장, 개화, 출산, 결실에 많은 영향을 준다고 한다. 새벽에 야~호 하고 소리치는 행동을 삼가야 한다고 생각한다. 그 소리가 인근 주택가에도 크게 들려 야근하고 귀가한 사람, 밤새워 공부한 학생, 고뿔에 칭얼대던 어린 아기가 잠드는데 방해가 되기 때문이다. 자연을 사랑하는 사람들은 '등산(산에 오른다)' 이라는 말도 불경스러워 '산에 안긴다'라며 말조차 삼가는데, 악을 쓰며 소리 지르고 하물며 운동한답시고 나무를 발로 걷어차 괴롭히는 행동은 없어져야 할 것이다.

도시 인근 등산로에는 통나무 또는 시멘트로 모조 통나무 계단을 만들어 놓았다. 계단을 만들어 놓음으로써 장마철에는 유속을 줄여 토사방지에 한몫을 하고 정도正道의 역할도 한다. 그러나 정도의 계단 옆에는 또 하나의 길이 있다. 정도는 일정한 간격으로 계단이 만들어져 있어 똑같은 보폭으로 오르다보면 지루하고 힘이 든다. 그래서 정도를 이탈해 보폭을 자기 마음대로 조절해 걷는다. 이렇게 걷는 사람이 많다보니 자연히 계단 옆에 길이 하나 더 생긴다. 계단이 성문법이라면 옆길은 불문법 같다고 생각함이 어떨까 한다,

법은 항상 여유와 예외가 허용되지 않아 딱딱하고 융통성이 부족하다. 그러나 불문법인 관습법은 융통성과 자유가 있어 여유롭게 행동할수 있다. 계단은 비가 오고 눈이 올 때는 안전하고 듬직한 믿음이 가지만 조금만 방심하면 위험하다. 즉 눈비가 올 때에는 발바닥이 과반 수이상이 계단 안으로 깊이 들어가도록 발짝을 딛지 않으면 통나무계단이 더 미끄러워 넘어지기 십상이다. 법을 잘못 이용하면 변호사법 위

반으로 벌 받는 이치라 할까? 옆길은 보폭을 자유롭게 조절할 수 있지만 눈비가 올 때에는 계단보다 수십 배 조심스럽게 발짝을 옮겨야하는 자유의 대가를 치러야 한다. 법과 관습, 생활 속에서 사는 우리로서는 이를 조화롭게 활용하여 건전하고 정의로운 사회 건설에 일익을 담당해야 할 것이며 자연을 사랑하고 아끼는 마음으로 공생하여야 할 것이다.

새 세기의 해맞이

　　　　　새 세기의 첫날, 백련산 정상에 있는 체력 단련장에 도착하니 정자 기둥에 걸린 시계는 다섯 시 삼십 분을 가리키고 온도계는 영하 11도에 머물러 있다. 이제쯤이면 매일 만나는 얼굴들이 보여야 하건만, 공휴일이라 여행을 갔는지 아니면 모두가 늦게 올라가자고 약속이라도 했는지 한 사람도 보이지 않는다. 운동기구를 잡은 느낌은 얼음덩어리를 쥔 느낌 바로 그것이었다. 시린 손은 손벽을 쳐 완화시키며 사십분 간 운동을 했다. 도중에 온 사람은 아무도 없다. 이 산 끝에 있는 치마바위까지 갔다 오면 매일 보는 단골도 만날 수 있을 것으로 생각하고 하산하기 시작했다.

　치마바위는 홍은동 현대아파트 뒤에 치마바위와 대림아파트 뒤의 치마바위 두 곳을 가리키는데 치마를 널 수 있을 정도의 넓은 바위라 지어진 이름인지 아니면 역사에 나오는 폐비가 임금님을 그리며 매일같이 치마를 펼쳐 널었다는 유래에서 치마 바위인지 모를 일이다. 그러나 그 크기가 치마를 수십 개 널 수 있는 바위임에는 틀림이 없다.

위치상으로 대림아파트 뒤 치마바위는 신촌을 향한 반면, 현대아파트 뒤 치마바위는 인왕산 쪽을 향하고 있다. 그 바위들 위에는 정자도 있고 운치가 있어 나는 그곳을 자주 찾는다. 인왕산 쪽 치마바위를 오르는 도중 자주 보는 단골은 만나기 어렵고 낯선 등산객으로 세 명을 만났을 뿐이다. 치마바위에 도착하니 어스름 속에 정자만이 을씨년스럽게 서 있었다. 정자에 걸터 앉아보니 모래내를 거쳐 유진상가를 통과 북악터널 쪽으로 뻗은 내부 순환도로와 무악재가 바라다 보이는 홍제동도로는 한산하고 새벽 한파에 가로등만 졸고 있다.

평일에 그렇게 많던 차량들은 연휴를 즐기려고 교외로 갔는지 아니면 부모님 찾아뵈러 고향에 가 있는지 한산한 도로에 이따금 나타난 차량들은 시원스럽게 잘도 달린다. 마루에 걸터앉은 엉덩이를 통해 전신에 추위가 전달되어 벌떡 일어나 정상을 향해 뛰어 올라갔다. 해맞이를 하기 위한 가족 등산객들이 많이 보였다. 정상 팔각정에 도착하니 많은 사람들이 올라와 있었다. 체력단련장으로 가 시계를 보니 일곱 시 정각이었다. 이곳에도 수십 명이 가족 또는 회원 단위로 모여 운동도 하고 동쪽을 향한 자세로 담소하고 있었다.

"왜 아직 해가 뜨지 않을까?"

"일곱 시 삼십 분 쯤 돼 뜰 걸?"

"그럼 아직도 삼십 분을 더 기다려야 되겠네. 추워 죽겠는데…"

모인 주민들의 대화다. 나는 삼십 분만 있으면 해돋이를 볼 수 있다는 말을 믿고 여유를 가지고 시간을 보내기 위해 올라 온 반대 방향인 백련사 쪽으로 내려갔다. 백련사 주변의 주민들이 두터운 외투와 털모자를 쓰고 계속해서 올라오고 있었다.

TV 난청방지 안테나 철탑을 지나 운동기구가 있는 곳으로 가 추위를 이기기 위해 운동을 시작했다. 몸통 돌리기, 팔 굽혀펴기, 평행봉, 윗몸 일으키기 등을 한참 한 후, 정상의 체력단련 장으로 다시 가 시계를 보니 일곱 시 이십 분이다. 십 분만 있으면 해가 뜨겠지 하고 무악재 사이로 남산 타워가 보이는 동쪽을 향해 주머니에 손을 찔러 넣고 시린 발을 구르기 시작했다. 일곱 시 삼십 분, 그래도 해는 뜨지 않았다. 웅성거리는 소리가 들린다.

"어떻게 된 거야, 해가 안 뜨네?"

누군가 대답하는 사람이 있었다.

"일곱 시 오십 분쯤 돼야 뜰 겁니다."

추워서 안 되겠다며 하산하자는 사람과 좀 더 기다려보자는 사람들로 어수선한 분위기였다 나도 하산하고 싶은 생각이 들었으나, 네 시 사십 분에 집에서 나와 지금까지 세 시간이상을 영하 11도에서 기다렸던 것이 억울해 이십 분을 더 참기로 마음을 단단히 먹었다.

작년 1월 1일은 은평구청에서 새천년 해맞이 행사를 하여, 해 뜨는 시간과 방향을 표시한 포스터로 구민에게 알리고 농악팀도 산으로 초청하였으며 태극기도 나눠 주었었다. 오늘보다 훨씬 많은 주민들이 모여서 해맞이를 하였으나 해 뜰 시간이 한참 지난 후에 두터운 구름 위로 떠올라 기다리던 많은 주민들에게 허탈감과 실망을 안겨준 일이 있었다.

일곱 시 오십 분 산중턱에 얇게 깔린 구름 위로 용광로의 쇳물 같은 빛깔의 해가 새 아씨의 눈썹만큼 떠오른다. 와! 내가 서 있는 뒤에서 탄성이 들린다. 뒤를 돌아보았다. 두 손을 합장하고 소원을 빌며 절을 하는 사람, 백년해로를 약속하는 양 젊은 부부의 꼭 쥔 두 손, 어린 아들 딸을 꼭 껴안고 건강히 자라 달라고 축원하는 사람, 순간을 놓칠 세라 카메라 셔터를 누르는 사람…. 모두가 용광로의 쇳물이 눈동자에서 이글거리고 있다. 이제 예쁘게 빚은 송편만큼 떠올랐다. 온대지가 붉은 색으로 젖어가며 늦잠꾸러기들을 후회하게 만든다. 눈가에 굵은 주름이 가득하고 움푹 들어간 눈과 양손 가락이 유연성을 잃어 말을 듣지 않은 듯한 노인이 철봉틀 기둥에 기대어 뜨는 해를 쳐다보는 모습에서 세월의 무상함을 읽을 수 있었다. 해는 완전한 모습으로 떠올라 눈부시고 황홀한 빛으로 온 누리에 퍼져 나갔다. 이렇게 해서 5분 안에 모든 상황은 끝났다.

짧은 오 분 동안에 순박한 우리 국민들은 무슨 소원을 기도했을까? 구조조정으로 직장을 잃은 가장은 빨리 직장을 얻어 원만히 가정을 꾸려 나가길, 40, 50대에도 명퇴 바람에 불안한 나날을 보내는 이들에게는 경기의 활성화로 안전한 직장 생활을, 장관이 바뀔 적마다 교육정책이 바뀌어 목표설정에 혼선을 초래하는 학생들에게는 백년대계의 교육정책을, 노인들에게는 소일거리를……. 이렇게 소원이 이루어지길 기도했을 것이다. 이 모든 소원은 입만 열면 국가와 국민을 위한다는 정치인들이 양심 있는 행동으로 국민의 고통과 고난을 해결해 주기를 바라는 데에 있을 것이다.

나 또한 법과 정의가 승리하는 사회, 신의가 있는 사회, 서민이 잘 사는 사회, 소외된 자에게 사랑과 희망이 넘치는 사회가 되기를 새 세기 첫날 해맞이를 하며 기원해 본다.

이러한 사기도

황당한 일을 당했음을 확인한 날이다. 일주일 전인, 2010년 6월 24일 땅거미가 아파트 주위로 슬금슬금 내려와서 어둑어둑할 즈음 40대 중반의 여인이 찾아왔다.

"902호에 사는데 신랑이 술을 먹고 택시타고 오는데, 택시비가 모자라서 나더러 택시비를 준비하라고 하는데 지금 은행문도 닫고 해서……"

"택시비 빌려 달라는 것 아니에요?"

"예, 미안해서……"

"알았습니다."

지갑을 꺼내서 선뜻 이만 원을 건넸다. 나 혼자의 생각으로는 주민에게 친절을 베풀어 좋은 일을 한다는 자부심을 갖고 빌려준 것이다. 내일이면 찾아와서 고맙다 하면서 빌려간 돈을 갚을 줄 알고 근무 교대자에게 902호에서 이만 원 가져오면 받아 놓으라고 부탁까지 했다. 그러나 하루 이틀 지나도록 소식이 없다. 얼마 안 되는 금액을 재촉하는 것 같아 더 기다린 것이 일주일이 되도록 소식이 없다. 옛말에 화장실 갈 때 다르고 갔다 와서 다르다고는 말이 있듯이 급할 때 처리하고 나니 잊은 것 같아 알려 주려고 전화를 하니 남자가 받는다.

"아주머니 오시면 경비실로 전화하시라고 전해주셨으면 합니다."

한참 후에 전화가 왔다.

"902호 사람인데요."

"아 그러세요? 다름이 아니라 지난번에 택시비 빌려 가신 것 잊으셨나 해서요."

"그런 적 없는데요"

"예? 902호라 하고 6월 24일 저녁에 신랑이 술 먹고 택시 타고 오는데 택시비가 모자란다고 해서 제가 이만 원을 빌려 드렸어요."

"신랑이 택시 타고 온 적이 없고 제가 빌린 사실도 없습니다. 얼굴을 보면 아세요?"

"글쎄요, 제가 입사한지 얼마 안 돼서."

"제가 경비실에 가서 얼굴을 보여 주겠습니다. 그러면 제가 아니란 것을 알 것입니다."

자신 있게 말하고 얼굴까지 보여 준다는 말을 듣고 내가 사기 당했다고 판단하게 되었다. 고희古稀를 삼월에 지났으니 나이 일흔에 경비로 취직한지 24일 만의 일이다. 날짜만 24일이지 격일 근무이니 실제 근무 한 날짜는 열이틀뿐이 안 된 날에 사기를 당한 것이다. 주민들의 얼굴을 전부 파악하기에는 짧은 기간이었다. 더구나 아파트 호수까지 거론하며 말하는데 속지 않을 수 없었다. 전에도 아파트 할머니께서 경비실로 찾아와서 열쇠를 안 가지고 나와 들어가지 못하고 휴대폰도 두고 나와 식구에게 전화도 할 수 없으니 작은집에나 가서 있다가 와야 되겠는데 차비가 없다고 해서 이천 원을 빌려 주었는데 이틀 만에 가져온 사실도 있었기에 조금도 의심치 않고 빌려준 것이다

공직에서 정년퇴직하고 친구회사에서 4년 근무한 경력이 전부인 나로서는 경비가 생전 처음 해보는 직업이다. 고령에 경비직을 할 수는 없다. 경비직 모집에 연령제한이 있기 때문이다. 그런데 나에게 특별한 기회가 온 것이다. 나와 친분 관계가 있는 지인이 경비로 근무하다 몸이 불편하여 후임자로 나를 추천한 것이다. 나를 추천한 지인이 모범적으로 근무하여 그 사람을 믿고 나를 채용한 것이니 특채인 것이다.

고령자로서 할 수 있는 직업은 전철 택배와 전철 안내원, 주차단속 등 극히 제한적인 직장일 뿐이다. 직장을 얻고자 서울시 노인복지관에서 2회에 걸쳐 교육도 받았고 기업체 Co 배출량 조사요원을 하고자 별도 교육도 받아 조사요원으로 삼일 간 활동을 했었다. 담당 구역은 뚝섬에서 건대입구까지 성수동에 있는 기업체의 Co량 배출 조사다. 기업체는 회사에서 지정해 주면 약도를 만들어 현장에 가서 인원, 기계, 기구, 전기 사용량, 생산금액, 판매금액 등을 문의하면 지정된 담당자가 없을 뿐 아니라 정확히 대답을 못한다. 한 업체를 몇 차례 방문해도 완성을 못하고 업체도 한군데 집중되어 있는 것도 아니고 초입부터 끝까지 다녀야 하는데 6월에 정장 차림으로 하루 종일 걷다가 집에 들어오면 초죽음이 된다. 산을 좋아해서 등산을 자주 가는 편인데 산에서는 하루 종일 다니다 집에 와도 피로한 줄 모르는데 시내에서는 전혀 딴 판이다. 그만큼 시내의 공기가 나쁘다는 증거다.

한 업체 완성하는데 오천 원이면 하루에 10개 업체만 하면 하루 일당으로 괜찮을 것으로 생각했는데 삼일 간 다녀도 한 업체도 완성한 것이 없고 체력이 달려 집에 와서 힘들어 하는 것을 본 자녀들이 몇 푼 벌려고 하다가 병나면 몇 곱 더 들어 간다며 만류하여 자의반 타의반으로 포기했던 것이다.

뇌경색으로 쓰러져 거동도 못할 뿐 아니라 치매까지 온 아내, 치매도 우는 치매로 반가워도 울고 불편해도 울고 시도 때도 없이 우는 것이다. 밥도 손수 못 먹어 끼니 때마다 병원에 가서 밥을 먹여 주었다. 간병인 한 명이 6명의 환자를 돌봐 주어야 하기 때문에 제대로 간병하기에는 무리가 있어서다. 그러던 중에 경비 제의가 있어 흔쾌히 승낙하고 관리소장과 동 대표의 면접으로 채용되었다. 수입이 전무한 나로서는 적은 돈이라도 벌어서 아내에게 과일이라도 사다 준다는 소박한 생각에서였다.

돈을 잃은 것 보다는 사회가 점점 불신의 시대가 된다는 것이 더 가슴 아프다. 그리고 젊은 사람이 무엇을 못해 70 넘은 노인을 상대로 사기를 친다는 것은 도저히 이해가 안 되면서도 우리 어른들이 잘못 가르치고 그런 환경을 만들은 것은 아닌가 하고 반성도 해본다. 적은 돈이지만 귀중하게 사용되기를 바랄 뿐이다.

낮술

1997년 북한이 큰 장마로 많은 피해를 입어 남한 민간단체에서 북한동포 돕기 운동이 대대적으로 전개되었다. 정부차원의 공식교류가 없던 때라 대한적십자사가 중국에서 옥수수를 구입하여 북한 동포에게 전달하는 임무를 수행하게 되었다. 3인 1조 3개조로 일주일씩 출장기간에 만포, 신의주, 남양에 계획한 수량의 옥수수를 전달하게 되었다.

나도 두 명의 수행원과 만포에 북한돕기운동 전북본부, 겨레사랑에서 모금한 옥수수 2,000톤을 전달하도록 계획되어 있었다. 8월 27일 밤 여덟 시 삼십 분에 북한영사관에서 비자를 발급받고 밤 아홉 시 오십 분에 심양을 출발하였다. 9월 28일 새벽 여섯 시 삼십오 분에 집안(지안)에 도착하여 아침밥을 간단히 먹고, 아침 아홉 시 삼십오 분에 집안에 도착, 여장을 풀고 전임자에게서 업무를 인계받아 임무를 수행하였다. 계획대로라면 9월 4일로 모든 일을 끝내고 귀국했어야 했다.

그러나 중국에서 옥수수 구입이 잘 안 되고 어렵게 옥수수를 구입하

조선민주주의인민공화국
사증 No. 2761505

이 름 김   정 부
목적지   조   선 (만포)
동반자   (명)
통과지점 신의주. 도문강. 만포
사증종류 입국. 출국 타회왕부
유효기간   1개월
체류일수   10일간

발급 날자 1997년 8월 2?일

더라도 운반할 화차가 없다. 조선족 가이드의 설명에 의할 것 같으면 중국에서 물건을 싣고 북한에 간 화차를 회송하지 않고 화차가 부족한 북한에서 계속 사용한다고 했다. 중국에도 화차가 부족하여 화차가 회송되어야 옥수수를 실을 수 있다며 또 허송세월로 며칠을 보냈다.

9월 5일에 옥수수를 북한에 전달하게 되어 동료 서 선생과 둘이서 지안 기차역으로 갔다. 3명이 1개조였으나 계획 일자가 지나, 동료 1명은 부득이 귀국하게 되었기 때문이다

인도증 서식과 카메라 그리고『나의 문화유산 답사기』한 권 들어있는 서류 가방이 전부였다. 가이드가 출국 수속을 하는 동안 일행은 대합실 의자에 앉아 기다리다가 억센 북한 사투리가 들리는 곳을 바라보니 김일성 배지를 부착한 북한주민 서너 명이 대화를 나누고 있었다. 이국땅에서 우리 말을 듣는 것은 반갑기도 했고 동포애를 느꼈다. 어린 시절에 6.25를 체험한 나는 45여 년 만에 북한 주민을 접하는 것이다. 역시 남한 사람들 보다는 세련되지 못하였다.

출국자의 소지품 검사가 시작되었다. 조선족 역무원은 나의 가방에서 책을 꺼내들고 책은 안 된다며 사무실로 가지고 갔다. 삼십 분 후에 책을 가지고 나와 괜찮다고 돌려주며 통과시켜 주었다. 여성 역무원인

조선족들은 우리가 남한에서 온 것을 알고는 물었다.

"남쪽엔 남자가 여자를 그렇게 부려먹어요?"

"무슨 말씀이세요?"

"요즈음 한국의 연속극이 지금 여기서 인기를 끌고 있는데 남편이 아내에게 너무 심한 것 같아요."

"제목이 뭔데요?"

"사랑이 뭐길래"

"아— 그거요. 그것은 옛날 얘기고요. 지금 젊은 사람들은 가사일도 함께 하는데요."

한국의 현실을 설명해 주었다. 설명을 들은 역무원은 역무실로 가 달력을 가지고 나왔다.

"이것이 서울이지요?"

자세히 보니 서울의 남대문, 남산타워, 창경궁, 덕수궁 등의 서울명소의 사진들이다. 조선족 역무원들은 우리에게 관심이 많아 보였고 서울에 대한 동경이 있어 보였다. 시간이 되어서 가이드의 안내에 따라 열차에 오르고 오후 네 시 사십오 분에 출발했다. 이 열차는 하루에 한 번 운행하는 열차로 객차는 한 량이고 전부 화물 수송용이다. 일 회는 중국 지안에서 북한으로 향하고, 나머지 일 회는 북한에서 지안으로 가는 열차다.

내가 탄 객차에는 민간복 차림의 남자 서너 명이 전부이고 텅텅 비어 있었다. 20대 쯤의 인민군복을 입은 차장이 우리 앞으로 오더니 이리 오라하며 손으로 안내한다. 안내한 의자에 앉아 객차 안을 둘러보니 붉은 글씨로 김일성, 김정일 찬양구호가 벽면에 가득하다. 열차가 서서히 출발하였고. 창밖에서 배웅하는 가이드에게 손을 흔들어 주었다. 열차가 역을 빠져 나가니 전통적인 중국 농촌의 모습이 눈에 들어왔고 옥수수 밭이 상상외로 많음을 실감 할 수 있었다.

압록강을 건너니 바로 북한땅 만포다. 철로변의 집들은 남한의 50~60년대 집들과 같았으며 철로 변에서 일하는 주민들의 모습은 TV에서 본 모습 그 자체였다. 산에는 나무가 하나도 없고 대신에 옥수수가 심어져 있는데 거름을 주지 않았음인지 자라다만 옥수수 대에 영글지 못한 쭉정이가 말라 붙어있었다.

오후 다섯 시 십오 분 만포역에 도착하였다. 역은 작았으며 복개 화물차가 몇 개 서 있고 무개 화물차는 오래되어 고물이 된 채 방치되어 있었다. 역은 한산하고 조용하다. 일어나려는 우리에게 차장이 다가와 가만히 앉아 있으라 한다. 우리는 들었던 엉덩이를 의자에 걸쳐놓고 가만히 기다렸다. 기관원인 듯한 사람들이 두 번 훑고 간 다음 세 번째 사람이 우리 앞에 오더니 따라 오라고 한다.

우리는 서류 가방을 챙겨들고 뒤따라갔다. 열차에서 내리니 적십자기가 달린 구형 벤츠 두 대가 대기하고 있었다. 적십자기를 보니 이국 땅에서 부모 형제를 만난 것처럼 반가웠다. 안내원은 적십자기가 달린 차량 옆을 지나 대기실로 안내했다. 대기실은 스무 평이 넘을 정도로 넓고 천정은 유난히 높았다.

우리에게서 여권을 받아 든 안내인은 대기 차량에서 데리고 온 두 사람을 소개한다. 키가 좀 작고 나이가 들어 보이는 사람은 북한 적십자사 단장 박승국이고 다른 한 사람은 김기묵 단원이고, 우리를 안내한 사람은 한상일 단원이었다. 나도 동료인 서정배 씨를 소개했다.

대기실에는 우리 일행뿐이다. 접대원이 따라준 차 한 잔을 마시고, 수속이 끝난 여권을 받아 들고 적십자기가 달려있는 차로 가서 북측 단장과 앞차에 타고 뒷차에는 동료 직원과 북측 수행원이 같이 타고 역 밖으로 빠져나갔다. 역 밖에는 우중충한 국민복을 입은 주민들 서너 명이 잡담하는 것이 눈에 보이고, 역전을 지나는 차창에 비치는 거리의 풍경은 한산하고 조용하다. 남한 같이 상가는 보이지 않고 '리발소'라는 간판 하나가 눈에 들어왔다.

도착한 곳은 3층 건물인 '만포호텔'이었다. 현관에 들어서니 김일성과 김정일 부자의 대형 그림이 벽면을 가득 채우고 있었다. 한 선생이 이층으로 안내 한다.

"숙소 둘을 준비했으니 편하게 이용하십시오."

"따로 쓸 필요 없이 같이 쓰겠습니다."

"불편하시지 않겠습니까?"

"아닙니다. 괜찮습니다."

안내된 방으로 들어가니 침대가 깨끗하게 준비되어 있고, 한 쪽 벽에는 김일성 김정일 부자의 사진이 걸려 있을 뿐 특별하게 치장한 흔적은 없었다. 여장을 풀고 편한 복장으로 갈아입고 욕실로 들어갔다. 욕실에는 욕조와 양변기, 세면대가 있으나 펌프로 지하수를 욕조에 받아 세면기와 양변기에 물을 부어 사용하게 되어 있으며, 세면대 위에는 비누, 치약 등의 소모품이 없는 것으로 보아 경제 사정이 어려움을 한 눈으로 확인할 수 있었다.

현물 검사를 하기 위하여 적십자기가 달린 승용차에 탑승하고 만포 기차역으로 나갔다. 도로는 한산하다. 가로수 잎이 떨어진 가랑잎을

북측에 전달한 옥수수

쓸던 국민복 차림의 주민이 쓸던 빗질을 멈추고 우리 일행을 물끄러미 쳐다본다. 역에 도착하니 두 명의 검사원이 대기하고 있었다. 북측 단장의 소개로 인사를 하고 18시 45분에 품질 검사를 시작했다. 화차에 실린 옥수수자루를 삿대로 찔러 옥수수를 꺼내 시험기구로 분석한다. 미숙, 잡질, 변질, 수분, 좀 먹은 것 등을 %로 계산한다.

검사 결과 미숙 0.5, 잡질 9.8, 변질 5.1, 좀 먹은 것 1.9, 파쇄 3.1이 나왔다. 검사원이 도저히 인수할 수 없다고 하면서 보여준 옥수수는 우리가 육안으로 보아도 동물 사료에도 부적합한 불량품이었다. 식량대용으로 구입해 전달하려는 동포의 따뜻한 마음이 한순간에 무너지는 듯한 기분이 들어 얼굴이 붉어졌다

"죄송합니다. 우리 적십자에서는 중국 업자에게 의뢰하여 구입한 것이니 회송하여 정제 작업 후 다시 수송토록 강력히 지시하겠습니다."

이렇게 결정하고 지안에서 구입한 60톤만 인도해 주었다.

추석을 맞이하여 북측 대표들에게 추석선물을 준비하여 갖다 주라는 본사 사무총장의 지시가 내려왔다. 동료직원과 가이드를 앞세워 마트로 가 200불 한도 내에서 구입하려고 하니 넘고 처져서 선택이 어려웠다. 화장품도 최상급이 한국산이며, 중국에서 서민들은 엄두도 내지 못한다고 중국 가이드가 귀띔해준다. 고르고 고르다가 남자 손지갑과 생활용품인 비누, 치약을 세 명분을 사고 세 개의 지갑에는 1불씩 현금을 넣었다. 9월 15일 오후 북한 만포에 도착하여 검수 검역한 후 인도 인수증을 교환한 후 저녁 만찬 자리에서 선물을 전달했다.

"이것은 서울 본사 사무총장께서 추석 선물을 드리는 것입니다 약소하지만 받아 주세요."

박승국 단장에게 먼저 주고 한상일, 김기묵 순서로 전달했다.

"고맙습니다. 본사 사무총장께서 이렇게 선물까지 주시니"

모두 기뻐하고 즐거워했다.

"지갑을 열어 보시면 1불씩 들어 있을 것입니다. 이것은 남한에서 지갑을 선물할 때에는 항상 지갑에 돈이 가득 차라는 뜻입니다. 돈이 너무 작다고 흉보지 마십시오. 예의이니까요."

선물 전달 후 맥주를 곁들인 만찬으로 화기애애하게 마무리했다.

추석날 아침이다. 나는 부모님이 돌아가시고 나서 추석 차례를 한 번도 거른 적이 없다 그래서 부모님께 죄스럽고 기분도 울적하여 방에서 나와 호텔마당에서 먼동이 트는 동쪽 산을 바라보고 섰다.

부모님께 추석 차례를 올려 드리지 못함을 죄송스럽게 생각하며 눈을 감고 묵념을 하였다. 오늘 오후에 중국으로 건너가 내일 귀국길에 오르게 되는 것이다.

북측에서의 마지막 오찬이었다. 박승국 단장과 김기묵, 한상일 선생과 접대원 두 명이 참석했다. 스무 날 정도를 중국과 북한을 왕래하며 음식이 맞지 않아 배탈 설사로 중국과 북한에서도 링거를 맞으며 임무를 완수했다는 자부심과 귀국한다는 것은 더없이 즐겁고 반가운 일이다. 식사 전에 따라준 맥주를 마시며 북측 적십자 대표들과 주거니 받거니 했다. 빈 속에 낮술을 했다.

몽롱한 정신에 눈을 떴다. 주위를 둘러보니 중국 지안호텔 방이다. 있어야 할 동료직원이 보이지 않았다. 기억을 더듬었다. 북한 만포에서 출장 마지막 오찬을 하면서 북측 대표들과 맥주를 마신 기억만 나고 그 이후의 기억은 전혀 나지 않았다.

정신이 번쩍 들어 서류가방을 찾으니 침대 머리맡에 있어 안심하고 가방을 열었다. 출장 목표였던 북한 동포에게 전달한 옥수수 인도증을 찾았다. 없다. 인도 인수 중 촬영한 카메라 사진기도 없다. 여권도 찾았다. 역시 없다. 눈앞이 캄캄했다.

나는 고민에 빠졌다. 여권이 없으니 움직이지도 못하고 옥수수 인도증이 없으니 한국에도 갈수 없고, 이제 국제 고아가 되는가? 아니면 극단적인 행동을…. 이렇게 고민하며 시간을 보내는데 자정이 되어서야 동료 직원이 들어왔다.

"박 선생! 어디 갔다 이렇게 늦게 와? 얼마나 찾았는데…"

"김 과장님! 아까 가이드하고 술 한 잔 하러 가자고 하니 둘이만 가라고 하여 송별주를 한 잔 한 것인데요"

"그랬구나, 나는 기억이 안 나서…"

나는 힘없는 목소리로 이야기했다.

북한 적십자 대표와 접대원, 뒷줄 가운데가 필자

"큰일 났어!"

"왜요?"

"여권, 카메라, 인도증 모두 잊어 버렸어."

깜짝 놀라야 할 동료 직원은 빙그레 웃는다.

"그래요?"

"이 사람아, 웃기는 왜 웃어. 이제 나는 오도 가도 못하는 신세가 됐는데…"

"걱정 마세요."

"걱정 말라니?"

"제가 나가면서 따로 보관했어요."

"뭐라고, 가방은 어떻게 열고?"

"그것은 간단한 것이고요. 과장님 취하신 것 같고 분실할 위험도 있어 제가 보관했지요."

동료 직원은 따로 보관했던 서류와 사진기를 갖다 준다.

"고마워. 나는 대여섯 시간 얼마나 고민하고 걱정했는지 모르네."

나는 죽었다 살아난 기분으로 한숨을 내 쉬었다. 그리고 서류를 빠짐없이 챙겨 왔음에 책임감의 무서움을 새삼 느꼈다. 낮술은 부모도 몰라본다는 옛말을 실감하면서 이제 낮술은 안 먹겠다고 다짐해 보는 계기가 됐다.

원기는 이제 제법 능숙한 자세로 한 모금 빨고 있었다. 입 안 가득 담배 연기를 물고 있을 때 장지문이 드르륵 열렸다. 원기 누나가 열린 장지문 사이로 얼굴을 디밀었다. 돌발 상황에 놀란 원기는 손에 든 담배를 방바닥에 비벼 끄고 입을 꽉 다문 채 누나의 얼굴을 쳐다보았다.

"어머니 어디 가셨니?"

대답은 해야겠는데 입을 열면 담배 연기가 나오겠고, 대답을 안 할 수 없으니 입을 다문채 우물우물 하고 있었다.

"얘가 별안간 벙어리가 됐나. 어머니 어디 가셨냐고?"

재차 재촉하니 할 수 없이 연기를 뱉으며 '몰라 몰라' 도리질을 했다. 입에서 연기가 나오는 것을 목격한 누나는 엄포를 놓았다.

"너희들 담배 피우는 구나, 내가 이른다."

우리 셋은 '제발 제발' 하며, 손바닥이 닳도록 싹싹 빌었다.

제4부

뒤져본
사진첩

뒤져본 사진첩

　　　　　"이것이 누구더라 이것이 누구더라 옳지 옳
지 알았다 바로 그 녀석이군……."

　옛 노래 가사를 흥얼거리며 추억의 사진첩을 뒤져보다 하얗게 빛바
랜 흑백 사진이 눈에 들어왔다. 빡빡 머리에 또랑또랑한 눈망울을 가
진 세 명의 사내아이들이었다. 위로는 누나만 있는 외아들로 태어나
장수하라고 예명을 '개똥'이라고 부르던 친구. 본명은 베풀 장張 빼어
낼 수秀 나랠 용勇 하며 외우던 기억이 난다. 그 옆의 친구 김원기는 집
안도 부유하고 형제도 여러 명이고 서울에 친척도 많이 살았다. 그 친
구의 이모부로 기억하는 상공부장관이 시골 마을에 왔을 때. 지서 순
경들이 경호하는 것을 보고 '개인적 방문이니 철수하라고' 지시하여
공사 구별이 분명함에 존경과 동경을 품었다.

　함께 온 서울 아이들이 논에 파랗게 자란 모 포기를 보며 '부추가 참
많다'고 하여 '부추가 아니고 벼야. 밥 해먹는 쌀 나무야' 하며 가르쳐
주었다는 원기, 그 친구와 수용 그리고 나를 포함해 자칭 삼총사라고

꼭 셋이 같이 다녔다.

삼총사의 잊어지지 않는 추억이 하나 있다. 중학교 1, 2학년 쯤 어느 추운 겨울날 원기의 방에서 아랫목 이불 속으로 발을 넣고 잡담을 하면서 놀고 있을 때 원기가 벌떡 일어나며 벽에 걸린 바지 주머니에서 담배 한 개비를 꺼냈다.

"이거 양담배 셀렘이거든? 우리 한번 피워 볼까?."

그때 자유당 시절에는 양담배를 피우면 처벌받고 담배를 구하기도 어려울 때라서 양담배라는 호기심과 담배를 피운다는 영웅심이 발동했다. 나와 수용은 서로 얼굴을 쳐다보며 고개를 끄덕였다. 원기는 성냥을 켜 담배에 불을 붙여 한 모금 빨고 푸우 뱉고는 수용에게 담배를 넘겼다.

"야, 입안이 화하다."

수용은 담배를 받아 검지와 장지 사이에 끼워 폼을 잡고 한 모금 빨다가 목으로 담배 연기가 넘어가 콜록콜록 기침을 하면서 나에게 넘겼다. 담배를 받아든 나는 조심스럽게 담배를 살펴보았다. 입에 닿는 끝부분에 솜 같은 것이 있고 거기에는 니코틴이 묻어 있었다.

후일에 알았지만 솜 같은 것이 필터. 우리 국산 담배엔 필터 있는 것이 전무할 때였다. 나는 입술로 담배를 물고 천천히 빨았다. 박하향이 입안에 가득했다.

"박하사탕 먹은 것 같네."

나는 신기해 하며 원기에게 다시 넘겼다.

원기는 이제 제법 능숙한 자세로 한 모금 빨고 있었다. 입 안 가득 담배 연기를 물고 있을 때 장지문이 드르륵 열렸다. 원기 누나가 열린 장지문 사이로 얼굴을 디밀었다. 돌발 상황에 놀란 원기는 손에 든 담배를 방바닥에 비벼 *끄*고 입을 꽉 다문 채 누나의 얼굴을 쳐다보았다.

"어머니 어디 가셨니?"

대답은 해야겠는데 입을 열면 담배 연기가 나오겠고, 대답을 안 할 수 없으니 입을 다문채 우물우물 하고 있었다.

"얘가 별안간 벙어리가 됐나. 어머니 어디 가셨냐고?"

재차 재촉하니 할 수 없이 연기를 뱉으며 '몰라 몰라' 도리질을 했다. 입에서 연기가 나오는 것을 목격한 누나는 엄포를 놓았다.

"너희들 담배 피우는 구나, 내가 이른다."

우리 셋은 '제발 제발' 하며, 손바닥이 닳도록 싹싹 빌었다. 이 사건이 내가 처음으로 담배를 입에 댄 계기가 되었고, 성인이 되어 담배를 피우다 금연한 지가 30년이 되어 가지만 아직도 생생하고 그 친구들이 보고 싶다.

―――

안성종합국민학교 졸업기념, 사진이 눈에 들어 왔다. 안성 공원에서 소방서 건물을 배경으로 교장 선생님과 남자 선생님 두 분, 여자 선생님 한 분이 의자에 앉아 계시고 단발머리 여학생 다섯 명이 선생님 앞에 쪼그리고 앉아있다. 그 중 두 명은 흰 저고리에 검정 치마, 한 명은 검정 저고리에 흰 치마를 입고 두 명은 흑백사진이라 색의 구분이 어렵지만 단색으로 입었다.

선생님 뒤에는 중고생 교복을 입은 남학생들이 서 있다. 졸업장에 있

가운데 줄 좌측이 필자.

는 교장선생님만 기억날 뿐 그 외에 선생님의 함자는 기억이 안 난다.

수십 년 전만 해도 담임선생님의 함자를 기억하고 있었는데 활용하지 못하니 자연히 잊히고 말았다. 앨범이 있는 것도 아니고 졸업사진 한 장만 달랑 있으니 말이다.

반 친구들의 이름도 생각나는 사람은 한 마을에서 같이 다니던 이병학, 그리고 사촌 형제간인 박정언, 박규명, 입으로 트럼펫 소리를 흉내내던 신철훈, 짱구 머리인 윤근옥 뿐 그 외는 기억이 없다. 여자들은 이영숙, 조숙(순)희(?) 그리곤 마찬가지로 전혀 생각이 안 난다. 그도 그럴 것이 50년 전 사진이고 그 이후에 한 번도 만난 적이 없고 불러본 적도 없으니 말이다.

안성종합국민학교는 6.25사변으로 시골로 피난 온 학생들을 모아서 만들어진 학교로 서울 사람이 주를 이루었다. 학교 건물이 없으니 교실도 없어 소방서 강당과 양조장, 개인 병원 등 공간을 빌려 교실로 사용 했고, 주로 안성읍 공원에서 야외 학습을 많이 했다.

졸업 사진도 학교를 배경으로 찍어야 하나 학교 건물이 없어 소방서 건물을 배경삼아 찍었던 것으로 생각한다. 지금은 소방서가 있던 자리에 고층아파트가 들어 서있고 빛바랜 공덕비만 옛 모습을 간직한 채 한 구석을 지키고 있을 뿐이다.

개교 시에는 많았던 학생들도 서울 수복후 점차 줄어들어 나와 함께 공부했던 18명 졸업으로 폐교됐다. 뿔뿔이 헤어진 꼬마 친구들도 이제는 육십 중반이 넘은 할아버지, 할머니가 되었을 모습을 상상해 보며 씩 웃어본다.

——

많은 결혼사진 중에 눈길을 멈추게 하는 것이 있다. 사진은 초가지붕 앞에 사모관대와 족두리를 한 신랑 신부가 꽃다발을 들고 색종이 테이프를 목에 감고 서 있고 신부 옆에는 여자 친구 세 명과 남자 두 명이 있는데 끝에 있는 사람이 필자다.

신랑 옆에는 남자 네 명이 서 있고 신랑 신부 앞에 '축 결혼'이라고 쓴 종이를 황소 등에 올려놓고 군복을 입고 쪼그려 앉아 잡고 있으며 학생복 차림의 학생은 반대 편 결혼 선물 앞에 앉아 있다.

결혼 선물에 황소가 있는 것은 그 시절에도 놀라운 발상이었으며 부러움의 대상이었다. 사진의 주인공은 고등학교 동기 동창인 이상남 형

신랑 이상남, 바로 옆이 故 공석하 시인. 맨 좌측이 필자.

이다. 이상남 형은 안성 삼죽면에 살았으며 필자는 안성읍에 살아, 이형이 군에 있을 적에도 휴가 시에는 항상 거쳐 가는 정거장이 우리 집이었다.

지금은 60대 중반이 넘어 자식들도 모두 짝 지어주고 개인택시를 운영하며 부부가 건강하고 행복하게 잘 살고 있다. 2개월에 한 번 있는 동창회 때, 휴무일이면 빠짐없이 참석하고 근무일에도 시간을 내서라도 참석하는 열성 회원이다. 언젠가 한 번 물어 보았다.

"결혼식 때 받은 황소는 어떻게 되었나?"

"없어졌어."

"왜? 그것 지금까지 늘렸으면 많은 액수의 돈이 됐을 텐데."

"그랬을 거야, 그런데 몇 년 안 돼서 우리 부부가 상경하고 시골에 없으니 형님이 팔아 버렸어."

"그렇게 됐구나."

"뜬금없이 황소 이야기는 왜 한 거야?"

"옛 앨범을 보다가 황소가 궁금해지더라고."

"그 사진에 내 옆에 있는 사람이 동창 공석하야. 그때 화혼 축시를 써 낭독했잖아."

"맞아, 그 시 참 좋았는데 암송할 수 있어?"

"그럼 내가 한 번 해 볼게"

기억을 더듬듯 눈을 지그시 감고 암송한다.

화혼 축시

밝은 햇빛 받아가며
푸르게 가꾼 역정

국화향기 번져
세월 또한 결실인데

오늘의 이 알찬 보람
강물 지어 흐르고

비바람 몇 번 일까

눈보라는 없을 건가

아끼고 의지하며

오순도순 가노라면

비탈길도 헤아리기에

평탄하게 누울 걸세

비옥한 이 강산에

씨앗 심고 거두는 기쁨

높고 푸른 하늘마저

병풍삼아 둘러놓고

긴 정화 백년을 누리며

원앙 같이 살아가세

　故 공석하 형은 문단에서 원로 시인, 소설가로 명성이 있을 뿐 아니
라 덕성여대 평생교육원에서 20년 이상 문예창작 교수로 재직했다. 그
는 특유의 열강으로 100여 명을 문단에 등단시켰으며, 그 중에는 유명
한 교수와 강사로 활동하는 제자도 있고, 문단에서 활발하게 활약하고
있는 작가들도 부지기수다. 사진 속에서 인척이 아니면서도 지금까지
자주 만나는 사람은 신랑 뿐이다.

달창이 숟갈

달창이 숟갈(숟가락)! 요즈음 젊은 사람들에게는 생소한 단어일 것이다. 그러나 5~60대 사람들은 "아~ 달창이 숟갈!"하며 고개를 끄덕이며 옛 생각을 할 것이다. 황토 냄새가 물씬 나는 부뚜막에는 주물로 만든 가마솥, 보통 가정에는 물을 데워 쓰는 큰 가마솥, 밥을 할 때 쓰는 밥솥, 아주 작은 옹솥이 기본이다. 소를 키우는 가정에는 쇠죽을 쑤는 쇠죽솥이 하나 더 있다.

우리 집은 소를 키우지 않아 세 개의 가마솥이 있을 뿐이었다. 어머니의 손때와 들기름 칠로 반들반들한 무쇠밥솥 뚜껑을 열면 쌀보다 보리쌀이 더 많은 밥에서 쌀밥 부분만 골라 식구들 밥으로 먼저 퍼내고, 꽁보리밥은 어머니 밥그릇에 담고 난 솥 바닥에는 누릇누릇한 누룽지가 깔려있다. 이 누룽지에 물을 부어 끓이면 한 끼의 끼니로 때울 수도 있지만 그 시절만 해도 간식이 부족했던 우리 형제들은 어머니의 무명 행주치마를 잡고 '엄마, 누룽지!' 하며 졸랐다.

그럼 어머니는 달창이 숟갈을 찾아 누룽지를 긁는다. 다른 숟갈로는 잘 긁어지지 않기 때문이다. 달창이 숟갈은 유기로 만든 숟갈인데 오 랜 세월 사용해 닳아서 칼날같이 날이 서있다. 그 모양새는 타원형인 숟갈 아랫부분이 닳아 반원이 되기도 하고 숟갈 옆면이 닳아 반타원형 이 되기도 한다. 즉 정상적인 숟갈이 아니고 다 닳아빠진 폐물 숟갈이 다. 숟갈총도 힘을 주어 긁다보면 S자 모양으로 휘어지고 자주 닦지 않 아서 빛도 나지 않지만 그래도 긁는 도구로는 안성맞춤이다.

감자를 반쯤 손으로 감싸 쥐고, 달창이 숟갈로 돌려가며 긁으면 껍질 이 잘 벗겨진다. 뿐만 아니라 무, 호박 등도 칼로 깎는 것보다 속살 낭 비가 덜하다. 그래서 무생채나 호박꼬지와 호박죽을 할 때는 항상 달 창이 숟갈을 사용했다. 요즘의 칼이나 좋은 재료로 개발되어 사용하는 기구는 속살이 많이 묻어나와 아까운 마음이 드는 것이 주부의 본심일 것이다. 이렇게 주부의 본심을 달래주던 달창이 숟갈을 이제 볼 수 없 음은 풍부한 물자와 아껴 쓰는 마음의 상실이다.

유기로 유명한 나의 고향 안성의 유기공장들도 많이 사라졌다. 남아 있는 공장도 일반 가정용품인 양푼, 주발, 대접은 물론 제사 때 쓰는 제 기도 주문 제작하거나, 관상용 물품을 만들어 겨우 명맥을 유지하고 있다. 우리 집의 유기그릇인 주발, 대접, 제기도 언젠가 모르게 자취를 감추고 스테인리스 제품으로 바뀐 지 오래다.

명절이나 제사 때면 부녀자들은 아침부터 가마니를 깔아놓고 기왓 장을 빻아 가루로 만든 다음 볏짚에 묻혀 주발, 대접, 제기를 문지르면 거울 마냥 얼굴이 비치도록 반짝반짝 빛이 났다. 이제 그런 놋그릇의 화려함은 추억 속에 남아 있을 뿐이다. 숟갈도 놋으로 만든 것은 귀하 고 대부분 스텐리스로 만들어졌다. 그리고 이제는 숟가락을 반 토막이 되도록 사용하지 않기에 달창이 숟갈도 사라졌다. 밥이나 국을 떠 먹는 도구로 사용하던 숟갈도 오랜 세월 자기 본분을 다한 후에 또 다른 용도의 도구 달창이로 사용되는 것이다.

우리 실버 인생도 달창이 숟갈 마냥 온전한 숟갈이 못하는 달창이로서 할 수 있는 일이 꼭 있을 것이다. 정부에서도 달창이를 고물상에 버려두지 말고 달창이가 필요한 곳을 찾아내고 개발하여 사회의 일원으로 활동할 수 있도록 노력하여야 할 것이다.

동심으로 돌아간 날

문우 이 선생에게서 전화가 왔다.

"김 선생님, 내일 무엇 하십니까. 약속 없으신지요?"

"내일은 별 계획 없고 약속도 없는데 왜요?"

"내일 롯데월드에서 롯데카드 회원들을 위한 이벤트가 있어요. 무료로 참석할 수 있는 티켓을 구했는데, 김 선생님 가실 수 있는지요?"

"좋지요 어디서 몇 시에 만날까요."

"오후 세 시경 잠실역에서 만나요"

"알았습니다."

전화를 받고 생각해 보니 롯데월드를 가본 적도 없고 아이들과 타고 노는 놀이 기구도 한 번도 타 본 적이 없다. 그 시절에는 창경원 벚꽃놀이와 용인민속촌, 국립묘지 등을 아이들과 함께 간 기억이 있을 뿐이다. 내 나이쯤에는 손자 손녀들과 가볼 수도 있는데 아들딸이 있건만 아직도 싱글들이니 기회가 없었다. 그래서 이번 기회에 영상으로만 본 청룡열차를 꼭 한 번 타 봐야 하겠다고 마음속으로 다짐했다.

세 시가 좀 넘어서 잠실역 롯데 지하상가 앞에서 기다리는 내 앞에 털이 폭신하게 느껴지는 털모자에 두툼한 방한복으로 무장한 이 선생이 환하게 웃으며 손을 흔들고 다가와서 내 손을 잡았다.

"김 선생님, 오래 기다렸지요?"

"아니 저도 좀 전에 왔습니다. 건강하시고 재미 좋으시죠?"

"예 김 선생님께서도 건강하시고 글도 많이 쓰시는지요?"

"건강은 한데 글은 뜻대로 잘 안 써지는군요."

이 선생이 잡은 손은 금년 들어 제일 추운 날이라고 기상청에서 발표를 하였는데도 아주 따뜻했다. 둘이는 마치 연인 같이 팔짱을 끼고 롯데월드를 찾아갔다. 이 선생도 애들 데리고 용인 에버랜드에 가 본 적이 30년 가까이 됐고, 이 곳은 처음 온다며 인기 연예인이 다수 출연하고 퍼레이드도 있다면서 애들 마냥 즐거워했다.

"김 선생님! 우리 놀이기구도 전부 타 봐요. 모두가 무료로 가능하니까요."

"그걸 언제 다 타요. 스릴 있는 청룡열차나 바이킹 같은 것 몇 개만 타면 됐지."

"무슨 말씀이세요? 김 선생님 언제 이런 것 타 보시겠어요? 오늘이 기회라니까요. 그리고 저는 청룡열차 죽어도 안 탑니다. 전에 한 번 타 봤는데 죽을 뻔했어요."

이 선생은 머리를 설레설레 흔든다.

롯데월드 가는 통로는 행사에 구경 오는 사람들로 꽉 차 밀려가듯 다 다른 곳은 행사 안내 장소였다. 이 선생이 카드를 제출하니 표찰을 두 개 주어서 받아 목에 걸고 놀이기구를 찾아 갔으나, 차례를 기다리는 줄이 길어 짧은 줄을 찾았다. 범퍼카를 타는 곳이다. 안내문에는 60세 이상은 탈 수 없게 되었으나, 제지를 받지 않고 30분이 넘어서야 탈 수 있는 차례가 돌아왔다. 카는 핸들과 크러치가 있어 앞으로만 전진하게 되어 있으며 카 둘레는 고무제품으로 만들어져 있어 부딪혀도 아무런 지장이 없게 만들어져 있다.

나는 올라타서 안전띠를 매고 핸들을 잡고 크러치를 밟았다. 앞으로 가다가 기둥인 장애물에 부딪혀 당황하여 크러치를 떼니 시동이 꺼지고 멈춰 선다. 안전요원이 쫓아와 장애물 옆으로 옮겨 주었다. 나는 다시 카에 타서 크러치를 밟고 핸들을 돌리니 움직이기 시작했다. 몇 번 해 보고 요령을 터득했다. 부딪히면 크러치를 밟지 않으니 멈춰 서는 것이다. 부딪혀도 크러치를 밟고 핸들을 움직여 옆으로 빠지면 된다. 겨우 익숙해져 즐기려 하는데 종료 벨이 울리고 멈췄다. 10분 내외의 시간이다. 이 선생은 장롱 면허증이 있다면서도 애들과 함께 엉켜 빠져 나오려고 안간 힘을 쓰다가 시간이 다 간 것이다. 둘이는 너무 짧은 시간을 아쉬워하며 다른 곳으로 이동했다.

모노레일 타는 곳이다. 길게 늘어 선 맨 뒤에 섰는데도 금방 많은 사람들이 꼬리를 물고 늘어선다. 모퉁이만 돌아가면 승차장이겠지 하고 돌아가 보면 또 다시 긴 줄이 이어졌다. 이렇게 대여섯 곳을 돌아서야 승차장이 나온다. 이와 같이 지그재그 시설을 만들어 놓은 것은 관람객들 유치를 위하여 심리를 잘 이용한 것 같다. 눈으로 보기에 길게 선 줄이 부담스러워 다른 곳으로 갈 것이고 보이는 줄이 전부인 줄 알고 기다릴 것이기 때문이다. 모노레일 위에서 옆으로 쓰러질 듯한 모션을 할 때마다 승객들은 "와" 소리를 지른다. 이렇게 롯데월드 주위를 지상에서 내려다보는 것 또한 다른 그림이었다.

'동굴탐험보트'의 안내 푯말의 방향을 따라 찾아가니 이곳도 다른 놀이기구와 같이 많은 인파의 줄이 앞으로 서서히 움직이고 있었다. 동굴 속 지그재그의 길을 한 시간 이상 따라 가서야 보트 정류장이 나왔다. 차례가 되어 둘이는 호기심을 갖고 보트에 올랐다. 움직이기 시작한 보트는 인공으로 만들어진 동굴 속으로 들어가더니 급경사로 흐르는 물길을 따라 쏜살 같이 내려가다가는 급커브에 부딪힐 것 같아 몸이 움츠러들고 "악!" 소리를 지르는 승객들의 함성에 더욱 당황해진다.

동굴 양쪽 벽에는 모형 뱀, 박쥐 등이 등장하여 울부짖으며 동굴안의 조명은 더욱 음산하여 공포의 분위기를 만들고 있었다. 부딪혀 뒤집어질 것 같은 아슬아슬 한 고비를 수차례 지나고 나서야 탱크 바퀴 같은 벨트를 타고 올라가더니 다시 물길을 따라 내려간다. 이 선생은 젊은이들과 똑같이 함성을 지르며 젊음이 돌아온 양 즐거워하며 옷에 묻은 물방울을 털면서 보트에서 내렸다. 실내에 그렇게 많은 물을 흐르게 만든 것도 신기하고 한 척의 보트도 부딪히거나 뒤집히지 않고 무사히 목적지에 도착하게 만들어 놓은 것에 감탄하지 않을 수가 없었다.

동굴 밖으로 나오니 동굴 안에서 소리 지르고 놀라는 모습이 밖의 모니터 세 대에 영상으로 찍혀 있으며 출력하는데 5,000원 이라고 안내문에 써 있었다. 이 선생은 사진이 재미있게 잘 나왔다며 출력하고자 안내문대로 조작해 보았지만 역시 첨단 기계조작에 서툴러 꾸물대고 더듬거리는 사이에 다른 팀의 영상으로 바뀌어버렸다. 나는 돋보기를 안 가져와서 안내문을 읽을 수 없었다. 이 선생은 몹시 아쉬워했다.

"재미있게 잘 나왔는데……."

천정에 붙어서 날고 있는 대형 풍선을 본 이 선생은 기구를 타기 위해 길게 선 맨 뒷줄로 나를 끌고 갔다.

"김 선생님! 우리 저것 한 번 타 봅시다."

너무 긴 줄에 기다리다 지치고 다리도 아파 이 선생에게 줄에 서 있게 하고 나는 줄에서 이탈해 주변에 있는 의자에 가서 앉았다. 1층에서 요란한 밴드소리, 장내 아나운서와 수백 명의 관람객들의 함성으로 퍼레이드가 진행되고 있음이 눈에 들어 왔다. 화려한 꽃차에 승차한 연예인들은 관중을 향해 손을 흔들고 관중은 큰 소리로 화답한다. 뒤따라 키다리 아저씨와 삐에로로 가장한 행렬이 뒤따르고 있다. 기구를 타려던 일부 승객들이 1층으로 몰려갔다. 덕분에 우리는 앞으로 많이 전진할 수 있었다.

기다린 시간이 한 시간 반이나 지나서야 승차장에 도착했다. 천정에 매달려 있던 기구가 지상으로 내려와 승객들을 내려놓고 곧바로 대기자들을 승차시켰다. 정원이 탑승하자 출입문을 잠그고 곧바로 천정으로 상승한다. 이 선생은 내가 아래를 잘 볼 수 있도록 가장자리로 안내했다. 천정에 다다른 기구는 코스를 따라 움직이기 시작했다. 물론 대형 풍선처럼 생긴 기구가 바람을 넣어서 움직이는 것이 아니고 전기로 움직이는 원리다. 그러나 바람으로 움직이는 기분을 내도록 매달린 줄을 잡아당기면 '치익'하고 바람이 나온다.

롯데월드가 한 눈에 들어온다. 1층에 설치된 무대에서는 유명 가수들이 노래 부르고 춤추는 모습이 보이는가 하면 지상 위로 달리던 모노레일, 청룡열차, 회전목마……모두가 발 아래에서 움직이고 있다. 이 선생은 아이들과 같이 아래층의 관중들을 향해 손을 흔들고 함성을 지르며 즐거워한다. 나도 덩달아 손은 흔들었지만 함성은 쑥스러워 지르지 못했다.

기구에서 내려 다른 놀이기구를 찾아 가다가 회전목마를 타기 위해 줄 서 있는 사람들이 적은 것을 본 이 선생이 나를 끌었다.

"저것 곧바로 탈수 있을 것 같네요"

어린이와 학부모가 같이 타는 것이라 너무 싱거울 것 같아 망설이는 나를 끌고 목마를 향해 달렸다. 이 선생은 먼저 목마에 올라타서는 나를 향해 옆에 목마에 타라고 손가락으로 가리킨다. 나는 얼결에 목마에 올라타고 살펴보니 회전 원반에 고정된 목마가 상하로 움직이니 말이 달리는 것 같은 기분이다. 어린이들은 좋다고 소리 지르고 떠드는데 나는 너무 싱겁고 쑥스러웠다. 어린이와 동행한 학부형이 있었지만 우리 같이 나이 많은 사람은 없었다. 그러나 이 선생은 어린이들과 똑같이 행동하면서 나를 향해 손을 흔들며 즐거워한다. 나도 이 선생을 향해 손을 흔들어 주었다.

내리고 나니 배도 고프고 다리도 아팠다.

"이 선생! 배도 고프고 시간도 오래 됐으니 그만 가지요."

"김 선생님, 저 바이킹 마지막으로 한 번 타보고 갑시다."

"그럼 저것이 끝입니다."

시간도 오래되어 관람객도 많이 줄어 오래 기다리지 않고 승선하게 되었다. 승선을 도와주던 안내원이 우리 둘을 향해 묻는다.

"타 실수 있으십니까?"

나는 어깨를 펴고 미소를 지으며 씩씩하게 대답했다.

"그럼요! 걱정 마십시오."

안내원은 친절하게 승선토록 안내해 주었다. 정원이 차니 무릎 위로 안전장치가 내려오고 배는 시계추처럼 서서히 움직인다. 탑승자들의 함성이 하나 둘 들리더니 절정에 이르러서는 모두가 "아악!" 하고 합창으로 변한다. 앞으로 갔다 뒤로 돌아와 다시 앞으로 가려고 할 때는 말초신경을 자극해 저절로 "아아!" 소리가 난다. 이때 이 선생의 목소리는 옆에서 듣는 나의 귀청이 터질 것 같았다. 절정의 순간을 서너 번 하더니 천천히 원래의 위치로 돌아왔다.

"이 선생, 쉬 안 했어요?"

하선하여 밖으로 나오며 물었더니 얼굴이 빨개졌다.

"김 선생은…"

오늘은 고희가 지난 늙은이가 동심으로 돌아가 즐겁게 보낸 하루였다.

'우리 어머니 글과 사진전'을 관람하고

'우리 어머니 글과 사진전' 초대장을 받으며 '어머니'란 말만 보고도 가슴이 아리하고 귀가 먹먹하다. 20년 전에 하늘나라에 가신 어머니를 떠올린다. 충북 괴산이 출생지고 충북 음성 출신인 아버지와 열여덟 나이에 결혼해 빨리 임신이 안 돼 시부모에게 시집살이를 힘들게 하시다가 2년 만에 나를 출산했다고 한다. 그래서 어머니와의 나이 차이가 20살이니 생존해 계시면 96세다.

초대권 약도에 따라 전철 6호선 광흥창역에서 하차해, 3번 출구로 나와 직진해 마포소방서를 지나니 깨끗한 건물에 '우리 어머니'란 글씨가 한 눈에 확 들어왔다. '하나님의 교회' 건물이다. 건물 앞에는 깔끔하게 차려입은 안내원이 안내를 하고 있어 다가가니 현관에서 나를 초대한 박 여사께서 나와 반갑게 맞아 주었다. 안내원에게서 관람 주의 사항으로 휴대폰은 진동으로, 작품 촬영금지, 관람은 화살표 방향 따라 천천히 이동하라는 등등의 친절한 설명을 들었다.

세월의 증표인 굵은 주름살, 거북 잔등 같은 거친 손등, 백발의 머리는 자식을 키우느라 애쓴 흔적이 담긴 사진 속의 어머니들! 나의 어머니는 형제를 낳으셨는데 지병인 속병(위경련)이 있어 자주 발병하였다. 발병하면 음식을 전폐하고 구토로 초죽음에 이른다. 우리가 할 수 있는 것은 아무것도 드시지 못해 등갈비에 붙은 어머니의 배를 문질러 드리는 것이 전부였다. 60여 년 전에는 약국도 많지 않았고 약도 귀했다. 몸이 아프면 민간요법이 아니면 그냥 견딜 수밖에 없었다. 어느 정도 속이 가라앉으면 사내들의 서툰 솜씨로 미음을 끓여드린 기억이 생생하다.

우리 어머니의 시詩 중에 "무취의 향기, 사랑이 발효된 향기"로 표현한 어머니의 향기와 「오래된 사과」 시의 쭈그러짐은 어머니의 주름살, 군데군데 상한 흔적은 어머니 얼굴의 검버섯, 그러나 농익은 사과에서 나는 향기는 바로 어머니의 달콤한 향기다.

동영상실이다. 새끼 쥐가 있는 곳에 처녀 쥐를 넣었는데 처녀 쥐는 새끼 쥐에 무관심 했다. 다시 어머니 쥐에서 혈액을 채취해 처녀 쥐에게 주입하고 새끼 쥐 있는 곳에 넣으니 새끼 쥐에 관심을 갖고 다가가는 것이다. 이 실험에서 어미 쥐의 혈액에는 모성을 느끼게 하는 성분이 있다는 증거인 셈이다. 이 성분을 연구 개발하여 의약품으로 만들면 어떨까? 그러면 전 인류는 모성애를 갖은 착한사람으로 가득해 평화로운 세상이 될 것이다.

혈액에는 수많은 성분이 있어 이것을 연구하여 의약품으로 만들어 혈액관련 환자에게 제공하고 있다. 국내에서도 녹십자와 동신제약에서 알부민을 만들고 있지만, 이것도 미국에 로열티를 주고 있는 것으로 알고 있다. 혈우병 치료제등은 모두 수입하고 있는 실정이다.

가스보일러와 온돌방을 읽어 보면서 우리민족의 근성은 온돌방인데 요즈음 냄비근성으로 바뀌는 것 같아 안타깝다. 어떤 일이 생기면 세상이 떠들썩하게 이슈화했다가는 금방 잊어버리는 냄비근성! 온돌 같이 서서히 데워지고 오랫동안 실천해야 하는 구들장 근성이 필요하다.

아버지는 혼자서 될 수 없다. 어머니가 있음으로 아버지가 존재한다. 아버지의 은근한 사랑 보다는 어머니의 모성애가 더욱 아름답다. 아! 어머니가 보고 싶다. 어머니가 계신 산소라도 찾아가 보아야겠다.

회상回想

아침 일찍 전화가 왔다.

"저 홍철이예요."

"웅! 그래 반갑구나, 진각을 통해 근황은 알고 있어 별일 없지?"

"네! 저도 진각에게 부장님 소식을 듣고 있습니다. 건강하시지요? 전화 못 드려 죄송합니다."

"별 소리를 다 하네 나도 마찬가지지."

"부장님, 다름이 아니라 기관장汽罐長이 어제 사망했어요."

"그래? 내가 그제 마지막 봤구나. 알았어. 오전엔 일 좀 보고 오후에 가지."

"저도 출근 했다가 퇴근 후에 들리겠습니다. 그럼 이따 뵙겠습니다."

김승남 기관장은 나와 같은 해에 입사하여 한 기관에서 19년간 근무한 동갑내기 친구다. 이틀 전에 입원했다는 소식을 듣고 ○○○병원을 찾아간 나를 중환자실로 안내한 후배 원무과 직원이 가리킨 환자는 인공호흡기를 장착하고 가쁜 숨을 몰아쉬고 있었다. 같이 동행한 구재옥

씨가 정신이 있으니 말을 해보라며 귀띔해준다. 나는 환자의 손을 잡았다.

"나 정부야, 알겠어? 왜 이렇게 됐어, 건강했던 사람이…"

친구는 알겠다는 듯이 내가 잡은 손을 꼭 쥔다. 그리고 힘들게 오른 손을 들어 검지를 입술에 대며 말할 수 없음을 알려준다. 나는 잡은 두 손을 꼭 쥐며 말했다.

"괜찮을 거야, 아무 걱정 말고 빨리 건강 회복하여 소주 한 잔하자."

친구는 초점 잃은 눈을 껌벅거릴 뿐이다. 장래의 나를 보는 것 같아 무거운 발걸음을 옮긴 날이었다.

1970년 ○○○병원 기관실에 화부(기관공)로 입사하였다. 제대 후 일 년 반만의 사회생활인데다 기계를 다루는 생소한 일이었다. 기관실에는 기관장을 비롯하여 난방과 위생 시설을 수리하는 수리공과 보일러를 운전하는 기관공이 있다. 나는 기관공으로 2명씩 2개 조가 24시간 맞교대 근무를 했다. 그 시절만 해도 방카C유로 보일러를 가동했고 보일러 종류도 주물 보일러와 수관 보일러가 있어 물을 데워 온수로 난방하는 방법과 물을 끓여 스팀을 보내는 방법이 있었다.

보일러공인 나는 아침 일찍 출근하여 보일러 압력게이지를 보며 보일러의 화력을 조절하고 소화시키며 각부에 난방이 골고루 되도록 24시간 근무한다.(그때에는 자동 제어 장치가 활성화되지 않았다.) 특별한 기술이 없어도 한 자리에 오래 앉아있고 야간에 잠이 많지 않으면 가능하여 군에서 검문소와 헌병대 당직 근무를 한 덕에 야간근무에는 큰 어려움이 없어 천만다행이었다.

겨울철에는 보일러 3기를 가동하여 바쁘지만 여름에는 1기만 가동,

소독과 온수만 쓰도록 하여 조금 한가한 편이다. 반대로 수리공은 부식 파이프 교체, 고장수리, 세관 등 여름철에 완벽하게 해 놓아야 겨울철에 무난히 지낼 수 있기 때문에 바쁘게 일을 하여야 한다. 수리공에 손이 달리니 좀 한가한 기관공이 도와주는 일이 비일비재했다. 그때 수리공인 김승남은 어려서부터 기술을 배운 터라 완전한 기술자요 나는 아무것도 모르는 문외한이었다.

기술이 없으니 수리공들이 일을 잘 할 수 있도록 기관공이 수시로 도왔다. 파이프를 규격에 맞춰 깎을 수 있게 머신을 조절하고, 용접 시에는 절단기와 용접기를 교체하는 일, 힘이 부족 시 합심하는 일 등이다. 수리공을 보조하는 어느 날이었다. 기술이 없는 나는 방법을 모르니 눈치를 봐가며 굼뜨게 움직일 수밖에 없었다. 김승남이 그 나이 먹도록 뭘 배웠냐며 핀잔을 했다. 그러잖아도 미안하여 조심스럽게 행동하는 터인데 나도 화가 났다.

"뭐, 나이 먹으면 다 할 수 있다고 생각하냐? 너는 뱃속에서부터 배웠어?"

얼굴을 붉히며 흥분된 어조로 따졌다.

"너도 처음부터 잘 한 것은 아니고 배웠으니 아는 것 아냐? 나도 배워야 알지. 그런데 왜 나이는 들먹이냐고."

"……"

세월이 흘러 김승남은 기관실 책임자인 기관장이 되었고 나는 그를 도와주며 기관일지 작성, 물품 청구 등 행정적인 일을 주로 했다. 그때 사회적으로 크게 물의를 일으켰던 '질소사건'이 있었다. 이 사건은 병원 수술실에서 환자에게 산소를 주입시켜야 할 것을 질소를 흡입케 하여 환자가 사망한 사건이다. 사건의 개요는 병원 약제부에서 발주한 산소를 업자가 납품하면 기관실에서는 몽키스패너와 압력 게이지를 가지고 수량과 용량을 확인하는 일이었다. 사건이 터지자 그 책임을 물어 김승남이 구속되었다.

"기관실에서는 내용물을 알 수 있는 방법이 없고 발주도 산소로 했으니, 당연히 산소로 판단하여 사용한다."고 주장했다.

용기의 색깔로 구분할 수 있다는 말에는 현실을 들어 항의했다.

"사고의 용기를 보면 알다시피 색깔을 구분할 수 없도록 긁히고 벗겨져 알아볼 수 없다."

업자 측에서는 배달 운전기사가 구속되어 양 측에서 말단 실무진만 희생된 것이다. 재판결과 양측에서 보상금을 희생자에게 지급하도록 판결이 났다. 이 사건으로 압력 용기의 색깔이 명확해지는 계기가 되어 용기의 색깔로도 내용물의 구분이 가능케 되었다. 병원에서는 검수 제도도 개선되어 수량, 품목검수와 기술검수로 나누었으며 검수의 중요성을 재인식하게 되었다. 구속되었던 김승남과 고압가스 납품업자 운전기사는 몇 개월 후 석방되었다.

1975년도에는 중동 바람이 불어 기술자라는 사람들은 모두 중동으로 몰려 나갔다. 병원에서도 영선營繕 일을 보던 사람이 중동으로 가는 바람에 관리과 사무실에 영선자리가 공석이 되었다. 관리과장은 김승남이 없을 시에 기관실 운영과 사무처리를 잘했다고 사무실에서 함께 일하자고 권했다. 나는 극구 사양했다.

"행정에 대해서 아무것도 모르는 제가 무엇을 하겠습니까?"

"자네가 원한 것도 아니고 우리가 필요해서 그러니 너무 걱정 말고."

"걱정 안 될 리가 없지요, 제가 할 수 있는 일이 뭐가 있겠습니까?"

"우리가 다 가르쳐 준다니까."

주위에서도 당신은 잘 할 수 있다고 용기를 주니, 타의 반 자의 반으로 사무실로 가서 일하게 되었다. 사무실에서는 각 부서(기관, 전기, 목공, 세탁, 청소)에서의 물품청구 및 결제를 득하고 직원관리도 했다. 병원법정 교육인 소방, 안전, 고압가스, 노사관계 등에도 참석하고 병원시설 관리에 바쁜 나날을 보냈다.

1980년, 여름에 안전사고가 발생했다. 세탁실로 보낸 스팀이 리턴하여 나온 뜨거운 물을 받아 재활용할 수 있도록 물통을 땅에 묻어 놓고 겨울철에 손세탁하는데 활용하기 위해서였다. 세탁실은 병원 한 귀퉁이에 자리잡고 있으며 관계자 이외에는 별로 출입이 없는 곳이다. 목격자에 의할 것 같으면 대여섯 살 정도 나이의 남매가 물통 주위를 빙빙 돌며 놀다가 오빠가 떠미는 바람에 동생이 물통에 빠져 사망한 사건이다. 안전 담당자였던 나는 경찰서에 가서 조사를 받았다. 며칠 후, 검찰청에서 출두통지가 왔다. 출두통지를 받고부터는 검찰청에 가서 어떻게 조사를 받고 답변할 것인가를 고민하느라 밤을 꼬박 새우고 검찰청에 출두했다.

떨리는 가슴을 진정시키며 대기실에서 호명할 때만 기다리고 있었다. 대기실에 있는 많은 사람들이 차례차례 불려갔고 퇴근 시간이 되어 가는데도 감감 무소식이었다. 불안한 마음을 진정시키고 사무실로 갔다.

"저는 어떻게 되는 겁니까?"

"이름이 뭐요?"

"김정부."

서류를 뒤적이던 조사관은 한 마디로 끝낸다.

"김정부, 내일 다시 와요."

불안한 마음과 긴장한 탓에 식욕도 없어 점심도 굶고 하루 종일 기다린 결과치고는 너무 허무했다. 또 하루 밤을 새우다시피 자문하고 자답하면서 신경을 쓰다 보니 목이 가라 앉아 말소리가 정상으로 안 나온다. 다시 아침에 출두하여 종일 기다렸지만, 시간이 없으니 내일 다시 오라는 말을 듣고 허탈한 상태로 귀가하였다. 몸도 피로하고 기운도 없지만 잠은 안 오고 정신은 또렷하다.

'구속 될까? 구속되면 처와 아이들은? 회사에서 봉급은 나올까? 얼마나 살아야 하나? 괜히 행정직으로 와 고생하고 있구나, 기관실에 있었으면 이 고생은 안 했을 텐데…'

후회하며 또 하루를 지내고 삼일 만에 조사를 받았다.

책상 앞에 마주앉은 조사관은 주소, 성명, 나이, 직장, 직책 등을 묻는다.

"아이가 빠진 물통은 왜 만들었나?"

"뜨거운 온수를 버리는 것이 아까워 재활용하기 위해서입니다."

"그럼 안전하게 뚜껑을 만들어 덮었어야지?"

"뚜껑을 해서 덮어두고 필요 시 열어서 사용했습니다."

"그런데 아이가 왜 빠졌어?"

"글쎄 저도 잘 모르겠습니다."

"이 사람아 뚜껑이 열렸으니 빠진 것 아냐?"

"제가 순찰하며 볼 때에는 항상 덮여 있었습니다."

"덮여 있는데 왜 빠져? 당신 상관 누가 있어?"

"예! 계장, 과장, 국장, 부원장, 원장이 있습니다."

"그 사람들이 시킨 것 아냐?"

"아닙니다. 제가 만들었고 안전 담당자가 저입니다."

조사의 핵심은 안전 관리를 제대로 했느냐 안 했느냐였다. 조사가 끝난 조사관은 조서를 담당 검사에게 넘겼다. 검사가 조서를 꼼꼼히 훑어보더니 선고한다.

"벌금 백만 원!"

"백만 원요?"

"응! 백만 원 내고 가!"

"말단 직원이고 몇 백만 원 짜리 셋방살이 하는 처지에 백만 원이 어디 있습니까? 좀 참작하시어 선처를 베풀어 주십시오?"

나는 애원조로 두 손 모아 읊조렸다.

"그래? 그렇게 어려워? 그럼 오십만 원!"

이렇게 해서 오십만 원의 벌금형을 받은 전과자가 되었다. 그때는 오십만 원도 많은 금액이라 결재 라인의 보직 간부 직원이 분배하여 처리하여 주었다. 이미 정년퇴직했지만 28년 이상 산하 기관에서 근무하며 만났던 의리의 직원들에게 다시 한 번 감사한다. 아울러 삼가 고인의 명복을 빌며 회상해 보았다.

존속되어야 할 이승복기념관

　　　　　새천년 늦가을인 11월 20일, 동우회 모임에
서 덕구 온천과 불영사, 부석사로 1박 2일 여행 중이었다. 점심 예약
시간이 여유가 있어 식당 근처에 있는 이승복기념관을 잠깐 들려 관람
키로 했다. 일행 중 대부분이 와 본 곳이라고 나를 포함해서 대여섯 명
만 하차해서 기념관으로 향했다. 정문에는 '이승복 추모 32주년' 현수
막이 쌀쌀한 가을바람에 펄럭이며 먼지에 찌든 동상을 청소하고 있었
다. 나는 정문 오른쪽에 있는 공중 화장실을 지나 이정표를 따라 오솔
길에 접어들었다.

　길 양쪽에는 화단을 만들어 동의나물, 초롱꽃, 솔나리, 패랭이꽃, 미
나리냉이, 엉겅퀴, 비비추, 톱틀, 은방울꽃, 양지꽃 등 야생화 이름 팻말
은 많은데 야생화는 없는 것이 많고 있어도 사람의 손길이 제대로 닿
지 않아 뿌리가 뽑혀 시들고 병들어 초라해 보였다. 길을 따라 산등성
이에 오르니 이승복 묘 왼쪽에는 어머니(주대하) 묘가, 오른쪽에는 남
동생 승, 여동생 승자 묘가 나란히 있고 앞 비석 뒷면에는 설립 동기가

자세히 적혀있다.

1968년 11월에 울진 삼척으로 침투한 무장공비는 12월 9일 강원도 평창군 봉평면 노동리 이승복 집에 침투하여 공산주의를 선전하자 속사초등학교 계방분교 2학년인 이승복이 "난 공산당이 싫어요."라고 외쳤다. 화가 난 무장공비들은 이승복의 입을 찢어 살해하고 어머니와 남동생, 여동생을 무참히 학살했다. 온 국민은 공산주의의 잔학상에 치를 떨었고 정부에서는 이승복 군의 반공정신을 기리기 위해 분산된 유적을 단지화하여 분단된 민족사를 증언하고 민족사적 유물로 남기고자 1982년 3월에 착공하여 동년 10월에 완공하였다.

이승복이 살던 집과 똑같이 산골 초가집을 만들어 아랫방에는 거적을 깔고 등잔, 화로, 쌀독이 있고 윗방에는 궤, 소반, 다듬이, 짚신이 걸려있다. 부엌에는 물동이, 시루, 솥, 그릇, 반합, 채, 키 등이 있다. 부엌 옆으로 좀 떨어져 소구유가 있고, 집과 2~3m 떨어져 있는 움막 같은 화장실은 나도 처음 보는 것이다.

전시실에는 통일교육 영상실, 통일기원 우수작 그림이 진열되었고 대형 그림에는 이승복의 평소 생활과 사건 당시의 상황을 '단란한 가족' '밭일 돕는 이승복' '초등학교 입학' '담임과 학우' '열심히 공부하는 모습' '무장공비출현' '나는 공산당이 싫어요' '집안 아수라장' '입 찢는 모습' '일가족 몰살' '몰살하고 도주' '영결식' 등 12개로 나누어 걸어 놓았다. 그 중에도 이승복의 입을 찢는 그림과 일가족을 학살하는 무장공비의 모습은 사람이 아닌 미친 짐승과도 같고 끔찍하고 처참하여 시선을 다른 곳으로 옮겨야 했다. 기념관은 전국 청소년들의 반공 교육장이 되었고 설악산 및 동해안 관광코스에 반드시 포함되어 수

많은 국민들이 공산주의 잔학상을 확인할 수 있는 장소로 자리잡았다.

30년이 지난 지금에 와서 1992년 저널리즘(가을호) 김종배 기자의 '세상에서 완벽한 기사는 존재하지 않는다'를 근거로 언론개혁 시민연대에서는 '언론 오보 50년'에서 이승복 사건을 선정하고 PD수첩, 말지, 중앙일보 등 동시 다발적으로 '부상당한 학관(이승복 형) 씨가 후송도중 기자를 만난 적이 없다' '오보된 반공 이데올로기에 의한 탁상에서 조작된 조선일보 기자의 오보다'라는 등 보도가 계속되었다.

민주시대를 맞아 말의 다양성 확대, 무책임한 언술로 국민들의 판별력에 혼란을 초래한다고 비판하는 사람도 있다. 설사 "난 공산당이 싫어요."가 오보라고 하더라도 연약한 여자와 어린이를 무참히 학살한 것은 무슨 변명으로도 용납될 수 없다. 조선일보사는 목격자 학관 씨를 비롯하여 주민, 사진사 등의 진술을 토대로 반박하며 오보라고 주장하는 사람들은 목격자를 한 번도 만난 적이 없다고 했다. 이에 주장을 굽혀 오보라고 정정 보도를 낸 언론사도 있고, 학관 씨가 후송 도중 기자를 만난 적이 없다는 것을 근거로 조작이라고 단정하고 오보를 굽히지 않는 언론사도 있는 현실이다.

이러한 선입견을 가지고 관람해서일까? 초라한 야생화의 화단, 관람객이 한 명도 없는 6.25때 군장비 전시장, 열 손가락으로 셀 수 있을 정도의 관람객을 보며 가슴이 답답하고 목구멍으로 "×××들" 하고 소리치고 싶은 심정이었다.

버스로 올라와 동료들에게 물었다.

"'난 공산당이 싫어요.'를 오보라고 생각하십니까?"

이구동성으로 말도 안 되는 소리라며 이제 와서 그런 말을 해서, 국민들은 반공의식에 의문을 초래하고 이승복 유족들에게는 커다란 상처를 준다는 것을 깨달아야 한다고 열변을 토한다. 이들은 모두 6.25도 체험했고 공산주의 체제 하에서도 생활을 해 보았기에 당당하고 떳떳하게 말한다.

남북정상회담 후, 흑백의 논리가 희석되고 체제의 가치관이 혼란을 초래하는 실상이다. 그러나 이승복기념관은 남북통일이 되어도 영원히 존속되어야 한다. 통일 후에도 후손들이 남북의 체제 대립으로 희생된 어린 소년의 넋을 위로하고 분단된 민족사적 유물의 관광자원으로 활용하여야 할 것이다.

잃어가는 소리들

봉산에 먼동이 트면 매미의 울음이 시작된다. 매미는 여름을 상징하는 곤충으로 그 종류도 약 3,000여 종에 이른다고 하며 알에서 부화되어 성충이 되기까지는 7년이나 걸린다. 이것은 국내 매미에 해당되고, 북아메리카 남부지방은 13년, 북부지방은 17년이라는 긴 세월을 거쳐 탄생된다.

매미가 우는 목적은 다른 곤충과 마찬가지로 성적유인性的誘引에 있다는 것은 부인할 수 없으나 특히 종의 집합에 유용하다고 한다. 우는 매미는 수컷으로, 스스로 발음근을 잡아당기면 등판의 안쪽에 있는 원형의 발진막이 소리를 내는 구조이다. 발음근이 늘어나면 발진박은 원형으로 되돌아가는데 이때에는 약한 소리를 낸다.

근육의 수축과 이완이 연속적으로 일어나면 매미의 종류에 따라 독특한 울음소리가 되는데 복강 대부분이 공명실로 되어 있으므로 그 소리가 훨씬 크게 확대되어 몸길이에 어울리지 않는 큰 울음소리가 난다. 일반적으로 암컷은 울지 않아 벙어리매미라고 한다.

여름방학 때면 언제나 곤충채집 숙제가 있어 매미, 나비, 여치, 방아깨비, 메뚜기 등을 잡아 실 핀으로 꽂아 말린다. 내 어린 시절에는 알코올이 귀하고 잘 몰랐기에 사용하지 않아 날씨가 궂은 날이 계속되면 잡아 놓은 곤충이 벌레가 생겨 못 쓰게 되는 일이 비일비재했다.

매미를 잡는 방법은 매미의 울음소리로 위치를 알아내어 나무에 기어 올라가 손으로 잡는 원시 방법과 말 꼬리털 같은 가는 줄로 올가미를 만들어 긴 나무에 메어 매미에 올가미를 씌운다. 또는 긴 막대 끝에 철사나 가는 나무로 원형을 만들어 거미줄로 원형을 메운 다음 매미에 갖다 대면 매미가 거미줄 끈끈이에 붙어 날지 못하는 틈에 재빠르게 잡았다. 매미가 한창 목청껏 소리 내어 울 적에 잡아야지 시작이나 끝 무렵에는 쉽게 알아채고 날아간다.

J. 파브로도 『곤충기』에서 매미가 울고 있는 곁에서 대포를 쏘아도 아무렇지 않았다고 썼는데, 청각이 발달되지 않은 것 같으나 청각은 배판 밑의 경막에서 감수하며 같은 종의 발음 진동수에 가장 민감하다고 한다. 내가 매미를 잡을 때 경험으로 보아 매미는 작은 움직임에도 알아채고 날아가는 것을 보면 그렇지도 않은 것 같다. 아니면 매미의 눈은 홑눈 세 개가 정수리에 있고, 겹눈 두 개가 머리에 돌출되어 있어 작은 움직임도 잘 감지하는 것인지도 모른다. 매미는 한 번 울고는 다른 곳으로 이동하는데 이동할 때는 현 위치에서 밑으로 자기 몸길이 두세 배 후퇴 후 이동한다. 이러한 행동은 적(새)에게 위치를 속이기 위한 생존의 수단이다.

참새도 매미의 울음소리로 위치를 파악해 잡아먹는다. 한참 신나게 울던 매미가 "끼~익" 소리를 내며 이동하는 것을 보면 새 부리에서 질러대는 매미의 비명소리다. 매미의 학술명이나 종의 이름은 잘 모르나 어린 시절에 알았던 이름은 참매미, 보리매미, 말매미, 쓰름매미, 무당매미 등으로 기억하는데 요즈음 쓰름매미의 "쓰~람 쓰~람" 소리와 무당매미의 "쎄쎄쎄~, 쎄쎄쎄~" 울음 소리가 점차 줄어드는 것 같아 안타까운 심정이다

보리 타작이 한창일 때면 여치는 완전히 성장하여 야산은 물론이고 밤에도 전등 불빛을 찾아 날아들어 낮으로 착각하고 울어대던 여치. 그 소리가 듣기 좋아 산체로 잡아 밀짚대로 여치 집을 역나선형으로 만들어 그 안에 넣고 봉당 기둥이나 처마 끝에 걸어놓고 상추에 물을 적셔 먹이로 주면서 여치의 울음소리를 집 안에서 들었다. 내 어린 시절에는 집집마다 여치를 키워 한 집에서 여치가 울면 옆집에서 이어받아 따라 울었다. 그러면 동네 전체가 "찌르르찌르르" 하며 여치의 합창 소리가 울려 퍼졌다.

여치의 종류도 전 세계적으로 7,000여 종이 있다고 하며, 몸 빛깔은 황록색 또는 황갈색이다. 머리와 앞가슴 양옆에는 갈색 줄무늬가 있고, 배의 등쪽에도 갈색 무늬가 있다. 몸은 크고 살이 쪘다. 앞가슴의 앞쪽은 안장 모양이고 뒤쪽은 넓적하다. 가운데 가슴의 가슴판돌기는 길고 좁다. 수컷의 버금생식판은 가운데 부분이 잘록하다. 앞날개는 길이가 짧아 배 끝에 이르지 못하고, 앞날개의 중심에 검은색 점이 줄지어 있다. 수컷의 왼쪽 앞날개에는 줄칼 모양의 날개맥이 있고 오른쪽 앞날개에는 마찰편이 있어 이 두 날개를 비벼 울음소리를 낸다.

수컷은 낮에 "찌르르찌르르" 하는 베틀과 비슷한 소리를 연속해서 내는데 그 울음소리를 들은 지가 언제인지 기억이 까마득하다. 이는

자연 환경의 변화와 공해로 인한 것이 아닐까 미뤄 짐작한다. 잃어가는 소리를 아쉽게 생각하며 자연 보호와 생태계 보전에 중요성을 새삼 깨닫는다.

부처님오신 날이면 생각나는 사람

부처님오신 날이다. 예전 같으면 "김 선생님! 안녕하세요? 오늘 절에 가셔야지요. 과천 종합청사 앞에서 만나요." 하며 상냥한 목소리로 전화를 했어야할 고 이승채 소설가를 생각나게 하는 날이다. 고 이승채 소설가를 알게 된 동기는 내가 공직에서 정년퇴직하고 종합문예계간지 〈뿌리〉 발행인 공석하 시인과 친구인 관계로 사무실에서 업무를 도와주면서 알게 되었다.

그녀는 1999년 〈뿌리〉 여름호에 「흰꽃」이란 단편소설을 가지고 이정욱이란 이름으로 등단하였다. 당선소감에 "때로는 열렬하게, 때로는 소원하게, 때로는 장미화처럼, 때로는 서리꽃처럼, 때로는 제비꽃을 사랑하는, 때로는 서천西天의 그믐달을 사랑하는 마음으로" 글을 쓰겠다고 했다. 그리고 만학에 단국대학교 대학원에서 「윤대영 소설에 나타난 여행의 의미연구」로 석사학위를 취득한 학구파이다.

내가 2000년도 〈뿌리〉 여름호에 「잉꼬의 반란」으로 등단하면서 자주 만나 작품에 대하여 토론하고 좋은 책도 알선해주고 손수 구입도 해주는 나의 멘토였다. 2004년도 초파일에 처음으로 과천 보광사를 방문해 비빔밥으로 점심공양하고 아기부처님 목욕시킨 내용을 수필로 발표한 계기로 매년 초파일이면 만나서 부처님께 세계평화와 가정의 행복과 건강을 기원했다.

고 이승채 소설가는 나와는 나이 차이도 많지만 큰 오빠 같다면서도 문우로 더 가깝게 대해주며 인사동에서 막걸리를 곁들인 점심도 자주 했고 문화생활이라며 영화도 함께 관람했다. 어느 날은 보고 싶던 영화인데 극장에서 못 봤다며 같이 가자고해서 생전 처음 비디오방이라는 데도 가봤다. 역시 연인들이 주위의 시선을 받지 않고 마음 편히 영화를 감상할 수 있는 곳이라는 것도 알게 되었다.

하루는 이정욱을 이승채로 개명했는데 어떠냐고 묻기에 '정욱'보다는 '승채'가 부르기 부드러운 것 같다고 하니 깔깔 웃었다.

"그렇지요. 앞으로 승채라 불러주세요."

그 이후로는 승채라 불렀다.

고 이승채 소설가는 문예지 〈예술세계〉에서 많은 작품을 발표했고 편집위원으로도 활동했다.

본인 작품이 수록된 책은 꼭 나에게 보내주고 작품 평까지도 해달라는 겸손함도 겸비한 작가였다. 또 여행도 즐겨 국내는 물론 외국에도 자주 다녀 견문을 넓히고 글감도 수집하여 작품으로 승화시켰다. 2012년에는 경기도 문화재단에서 현상 모집한 작품 중에 장편소설로 당선되어 상금을 받았다며 점심을 사면서 약속했었다.

"단행본이 나오면 김 선생님께 꼭 보내 드릴게요."

내 기억으로는 2012년 말 경에 『베누스 정원』을 받아 읽고 작품내용에 대해서 이야기하고 고마워 저녁이라도 하려고 수차례 전화해도 통화가 되지 않았다.

권영분 시인에게서 전화가 왔다. 권 시인은 뿌리문학회 부회장으로 문학회 내외를 총괄하고 있으며 나와 고 이승채 소설가와는 식사도 자주 했다.

"김 선생님! 요즘 이승채 선생 연락 있었습니까?"

"아뇨, 연말에 한 번 만나려고 수차례 전화했는데 통화가 안 됐어요."

며칠이 지나 권영분 시인이 울먹이며 전화를 했다.

"김 선생님, 이승채 선생께서 돌아가셨대요."

"뭐라고? 왜? 언제?"

나는 놀란 가슴을 진정시키기 어려웠다.

"잘 모르겠어요."

"그럼 연락 어떻게 받았어요"

"메일이 왔어요."

"그럼 메일 보낸 사람에게 전화해 보세요."

"알았어요."

전화를 끊고 나니 나에게도 똑같은 내용의 메일이 왔다.

권 시인에게서 기다리던 전화가 왔다.

"김 선생님! 메일 보낸 사람은 조카고, 이승채 선생이 고모래요. 사망은 1월 3일 2시 20분, 사망 원인은 급성패혈증, 장례식장은 ○○병원, 발인은 내일이래요."

"권 선생은 어떻게 하겠어요?"

"나는 오늘 가 봐야겠어요."

"그럼 나는 못 가겠네요 지금 근무 중이라 꼼짝 못해요 권 선생이 잘 좀 다녀 오세요."

나는 전화를 끊고나서도 떨리는 가슴을 진정시키지 못했다. 언젠가 대화 중에 이승채 작가와 연령이 비슷한 과년한 딸이 결혼을 안 하고 있다고 걱정한 적이 있다.

"억지로 보내지 마세요."

이승채 작가는 결혼이 행복의 전부가 아니라며 혼자 자유롭게 사는 것도 행복하다고 자신의 처지를 설명하며 걱정하는 나를 위로하기도 했다. 본인도 혼자였기에 자유로이 여행도 다니고 작품도 열심히 쓰게 된 것이라고 설명했다.

얼마 후 장례식장에 간 권 시인에게서 전화가 왔다.

"김 선생님, 이승채 선생이 맞아요. 사진을 보고 얼마나 떨리고 눈물이 나는지 간신히 문상했어요."

아는 사람 아무도 없고 〈예술세계〉 회원 몇 명이 있는데 이제 귀가하려고 밖으로 나왔다며, 다리가 떨려서 도저히 움직일 수 없어서 의자에 앉아서 정신을 가다듬고 있다고 한다.

그녀는 겨우 불혹의 나이를 몇 년 지난 나이에 세상을 하직했다. 우리 인생살이가 한 치 앞을 못 본다 했다. 호랑이는 죽어서 가죽을 남기고 우리 문인들은 죽어서 명작을 남겨야 할 것이다. 고 이승채 선생의 명복을 빈다. 죽음보다 더한 고통과 권태를 벗어나려 끊임없이 매혹적인 베누스를 범하는 한 학자의 순수한 열망의 소설, 고인의 유작 『베누스정원』을 다시 꺼내 읽으려 한다.

나의 금연기 禁煙記

         내가 금연을 시작한 것이 만 19년이 된다. 스무 살 전후해서 담배를 배워 마흔까지 20여 년간 담배를 피운 셈이다. 담배를 피울 당시에는 친구들에게 늘 식후불연食後不煙이면 소화불량消化不良이니라. 또는 남자가 술 담배를 안 하면 무슨 재미로 사느냐고 하면서 담배 피우는 변을 늘어 놓았었다.

  그런데 80년 초여름 부친께서 병원에 입원하시고 진찰결과가 폐결핵이라는 진단이 나왔다. 담배는 절대 피우지 말라는 의사의 지시가 떨어진 것이다. 부친의 소모품을 정리하면서 담배는 물론 재떨이, 라이터, 성냥까지 모두 치워버렸다. 금연해야 병이 낫는다고 몇 번이나 다짐받은 것은 말할 것도 없다. 부친께서도 물론 우리에게 약속하셨다.

  그런데 며칠 후, 병실에서 침대와 옷 소모품을 정리하다보니 담배가 발견되었다. 부친께서 우리가 없을 때에는 담배를 피우신다는 것이다. 40여 년 피우신 담배를 하루아침에 끊는다는 것이 쉬운 일은 아니었을 것이다. 또한 나 자신도 담배를 즐겨 피우면서 부친께 금연을 요구하는 것도 양심이 허락하지 않았다.

"아버지, 저도 아버지와 같이 담배를 안 피우겠으니 아버지께서도 절대 피우지 않는다고 약속해 주십시오."

이렇게 부친과 약속했고 그 약속을 지금까지 지키고 있는 것이다.

담배를 끊었더니 주위 동료들이 지독한 사람, 이마를 찔러도 피 한 방울도 안 나올 사람, 상대 못할 사람, 무서운 놈이라는 빈정거림과 참 잘했다, 지금도 피우고 싶지 않냐, 방법이 뭐냐고 부러움에 찬 말도 나왔다. 담배를 끊었더니 주머니가 깨끗하고 몸에서 냄새가 안 나고 집안이 깨끗해 졌다. 가래도 안 생기고 아침에 일어나면 늘 깨끗한 기분이 들었다. 집사람이나 아이들까지 좋아했다.

20여 년간 금연을 하다 보니 다시는 담배 생각이 나지 않는다. 더구나 스무 살 전후부터 지금까지 40여 년 간이나 계속 담배를 피우는 고향 친구들이나 직장동료를 보면 안쓰러운 생각마저 든다. 우선 담배를 피우는 친구를 보면 무언가 단정하지 않은 느낌이 든다. 또한 무언가에 늘 쫓기는 사람 같다는 느낌이 든다. 비행장의 흡연실이나 기차역 대합실의 한 구석에 있는 흡연실까지 찾아가 담배를 피우고 돌아오는 친구들을 보면, 내 옛날의 말끔하지 않았던 모습이 겹친다. 거기다 담배를 피우는 친구들은 한결 같이 아내와의 관계가 불편하다는 푸념을 늘어 놓는다.

연구결과에 의하면 담배를 피울 때 생기는 40여 가지 질병 가운데 하나는 혈액의 순환을 막아 호르몬의 생산을 저해한다고 한다. 담배 한 개비가 탈 때 발생하는 일산화탄소는 20ppm 이상이라는 것이다.

그러니 하루에 한 갑을 피우는 경우 400ppm 이상의 일산화탄소가 발생하는 셈이다. 이 일산화탄소는 산소를 제치고 먼저 혈액에 흡수되어 산소결핍증을 유발시키는 것이다. 이런 현상은 각 세포에 원활한 산소를 공급하지 못한다. 20ppm이면 왕성한 토끼 한 마리가 죽을 수 있는 양이라는 것이다. 따라서 심장이 몸으로 공급하는 혈액을 제대로 펌프질하지 못하게 된다. 여기서 혈액이 원활한 상태에서만 제 역할을 하는 성기능도 제대로 발휘하지 못하게 되는 것이다.

하루에 한 갑 정도의 담배를 피울 때 나오는 니코틴이 약 80%의 발기부전의 결과를 가져다준다는 것이다. 얼마나 놀라운 결과인가? 그러니 흡연자들이여! 건강한 부부생활을 위해서도 금연함이 마땅하지 않겠는가! 그래서 한마디 하노니 식후흡연食後吸煙이면 발기불능야勃起不能也니라.

신의 조화

　　　　　　　　　2000년 9월 13일 추석 연휴의 마지막 휴일, 오전 6시경 전화벨이 울렸다. 뇌출혈로 서울적십자병원에 입원한 사촌 형님의 사망 소식이다. 전화를 받고 구설 안 들으려고 용케도 추석 명절을 넘겼다고 생각했다.

　사촌 형님은 위로 아들 둘 아래로 딸 둘을 둔 가장으로 직장에서 정년퇴직 후 소일 삼아 아파트경비를 하던 중 야간근무를 마치고 귀가하다가 쓰러졌다. 그후 입원하여 뇌수술을 하고 병세의 호전과 악화로 중환자실을 오르내리며 의식 불명으로 5개월 7일 만에 많지도 않은 65세의 나이로 생을 마감했다.

　장기간 입원으로 욕창이 생겨 등은 썩어 뼈가 보이고 진물과 고름이 나고 호흡도 곤란하여 목을 뚫어 호흡을 했다. 주사도 많이 맞아 혈관이 안 나타나 발등, 손등 마지막엔 가슴에도 꽂고 약의 부작용으로 피부도 까맣게 변해 TV에서 본 기아에 굶주리는 아프리카인들의 처참한 모습과 같았다. 면회를 갈 적마다 신체의 기능이 하나 둘 상실되어가는 모습을 보고 인간의 목숨이 이렇게 질긴가를 새삼 느끼기도 했다.

3일장인 15일에 아침상식과 발인제를 지내고 오전 일곱 시에 영구차로 벽제 서울시립장례예식장으로 출발하였다. 태풍 사마이오의 영향으로 13일부터 내리던 비는 망자의 슬픔을 대변하는 듯 굵은 장대비로 변해 쏟아졌다. 아홉 시에 예약하고 일곱 시 사십 분에 도착하여 일찍 왔다고 생각했는데 장례예식장엔 벌써 수십 대의 영구차가 대기하고 있었다.

형님을 모신 영구차 기사의 안내에 따라 하차하여 관을 모시고 안으로 들러 가니 검정바지에 흰 와이셔츠에 검정 넥타이를 맨 직원이 관을 운반할 수레를 끌고 와 대기하고 있다. 관의 상을 앞으로 올려놓고, 살살 밀어 정 위치에 놓은 다음 앞에 두 사람이 양쪽에서 잡고 끌고, 뒤에선 관이 미끄러지지 않도록 받치라는 직원의 설명을 들으며 안치소로 운반하였다.

관을 안치하니 직원이 성명, 영정, 종교 그리고 납골당에 안치하는 것이 맞느냐고 확인하고, 안치한 곳이 1번이라고 1자가 쓰여 있는 표찰을 주며 한 명만 남아 있고 나머지 유족은 대기실에서 기다리면 화장 시 연락할 것이라고 했다.

대기실에는 하얀 플라스틱 의자가 수 십 개 놓여있고 앞에는 멀티비전, 벽면에는 납골당의 종류 및 장소 등이 사진과 같이 전시되어있다. 벌써 10여 명의 대기자들이 멀티비전을 보며 담소하고 있었다. 멀티비전에서는 세계 각국의 장례문화의 소개와 묘지문화를 지향하고 납골문화의 전환을 홍보하고 있었다. 10여 년 전에 와 본 화장장과는 전혀 다른 건물과 깨끗하고 정돈된 집기, 정확한 질서의 확립, 친절한 안내가 특별히 눈에 들었다. 지금도 시설을 확장하기위해 공사가 한창 진행 중이다.

안치실에서 연락이 와 안치된 관을 찾아 화장하는 곳으로 운반하니 입구에서 직원 두 명이 관과 유골함을 인계받아 우리가 배정받은 15번 화장방으로 운반한다. 우리는 15번 표찰이 붙어있는 유리문 앞에 대기하고 있었다. 조금 있으니 직원이 관을 보이며, 이름과 번호를 확인 후 화장 방의 문을 열어 관을 올려놓고 문을 닫으니 문 위의 전등에 불이 켜지고 그 외에는 아무 것도 보이지 않는다. 오전 9시 2분이다.

유리문으로 지켜보시던 연세 일흔 넷의 고모부께서 형님의 영정을 쓰다듬으며 흐느끼고 고모님은 형수님의 손을 잡고 눈물을 흘리고 계셨다. 가족 모두는 손수건으로 눈물을 닦으며 숙연하게 관이 들어간 문만 바라보고 있다. 속세에서 아옹다옹한 삶, 가시 하나만 찔려도 고통을 느끼던 육신, 잘 먹고 곱게 꾸미던 육신이나 그렇지 못한 몸뚱이나 모두 똑같이 한 굴뚝의 연기로 변해 사라지고 있다.

두 시간 후, 관 출입문 위에 전등이 꺼진다. 직원이 문을 여니 관은 흔적도 없이 사라지고 커다란 유골만 눈에 보인다. 마스크를 한 직원이 들어가 쓸어 담는다. 유골을 유족들이 있는 유리문 앞으로 가지고 와서 세로 20센티 가로 15센티 가량의 직사각형 자석으로 유골을 꾹꾹 눌러 부수면서 염식 때 넣은 동전을 골라낸 다음 유골 분쇄실로 가지고 간다. 분쇄기에 넣은지 1분가량 지나니 잿빛 가루가 어른 두 손에 들어 갈만한 분량으로 나왔다. 이것을 유골함에 넣고 하얀 보자기에 싸서 유족에게 인계한다. 유골함은 장남이 받아 두 손으로 모시고 고인의 영정은 사위가 들고 납골당으로 가기 위해 접수처에서 장묘시설

사용 허가증을 찾아 영구차에 올랐다.

이십여 분 후 용미리납골당에 도착하였다. 입구 양 옆에는 왕릉석 가족 납골당이 쏟아지는 빗줄기 속에 잔디의 색깔은 더욱 푸르고 산뜻해 보이는 것 같고 가족들이 다녀가며 놓고 간 화환은 초라하게 비를 맞고 있다. 납골당 건물에 도착하니 안내하는 직원이 서류를 보고 2층 오른쪽으로 가라고 안내한다. 2층에 올라가니 수십 개의 방을 만들어 놓고 양쪽으로 유골함이 들어 갈 수 있게 정사각형으로 수백 개의 번호가 적혀있다.

안내 직원이 장묘시설 허가증에 적혀있는 86×××번호를 가리키고 문을 열고 유골함을 받아 보자기를 풀었다. 유골함에 이름표를 붙이고 넣은 다음 번호가 붙은 대리석문을 닫으니 아무것도 보이지 않고 절차가 끝이다. 가족들은 일제히 묵념하고 1층에 별도로 마련된 제사 지내는 곳으로 갔다. 양 옆으로 세 가족이 제사를 지낼 수 있을 정도의 장소이고 먼저 온 두 가족이 제사를 지내고 있었다. 참석한 가족 및 친지들은 고인에게 잔을 한 잔씩 올리고 음복을 하고 있었다.

나는 밖에서 '새가 되소서 하늘을 날으소서.'라는 표지의 유족들이 고인에게 남기고 싶은 사연을 적어 놓은 것을 읽어보고 있었다. '당신의 빈자리가 이렇게 큰 줄은 정말 몰랐습니다. 당신이 보고 싶어 죽겠습니다. 당신의 따스한 손길 느낄 수 없는 현실이 안타깝습니다. 당신 닮은 ○○이를 데리고 왔습니다 많이 컸지요? 제법 어른스럽게 말도 잘 듣고 공부도 열심히 합니다.' 젊은 여인이 일찍 간 남편을 그리며 애절하게 쑴직한 사연도 있고, '아빠! 나 ○○입니다. 아빠! 보고 싶어요. 나는 엄마 말도 잘 듣고 공부도 열심히 합니다. 그리고 동생하고도

싸우지 않고 잘 놀고 있습니다.' 서툰 글씨로 아빠에게 쓴 사연도 있고
,딸이 아빠에게 또는 아들이 부모에게 구구절절한 사연을 읽고 있는데
옆에서 조가가 휴대폰을 받는다.

"예! 아들이요? 아들이라구요? 장모님 감사합니다."

입이 함박만큼 벌어진다. 산달이라 장례식에도 참석지 못한 조카며
느리가 해산한 것이다.

"조카! 축하하네."

나는 아들 낳은 것을 축하해 주었다. 오묘한 신의 조화가 아니면 이
러한 현실이 있을 수 있을까? 한 사람의 장례 행사가 끝나며 새로운
인생의 탄생, 고인의 손자가 태어났다. 고인의 명복을 빌고 새로 태어
난 우리 김 씨 문중의 아들도 씩씩하게 자라줄 것을 기원한다.

사진첩

친구 결혼식에서 축사하는 필자

축사하는 장면

신부 옆 필자

앞줄 우측 두 번째 필자

남보다 늦게 입대하여 헌병 근무 중 동료와 함께(필자 오른쪽)

결혼 전 면회 온 아내와 함께

임진강 검문소 근무 중

부대원들과 함께. 좌측 두 번째 필자

교통정리 중 동료와 함께 초소에서

정문 근무 시 동료와 함께

임진강 틸교를 뒤로 하고(필자 오른쪽)

비복장으로 70연대 신우현과 함께(좌측 필자)

근무 중에 보안대원 면회자와(우측 필자)

검문소 앞에서

휴가 중 올린 결혼식

결혼식에서 하객에게 인사하고 있다

결혼식 중 행진을 앞두고

대북지원을 위한 적십자 대표로 방북하여 북측 대표와 인도 인수증을 교환하고 있다

남북한 대표단 기념사진 촬영(좌측 두 번째 필자)

BAXTER 태평양 아시아 총재와 만찬장에서

적십자 혈액제재연구소분획동 준공식에서 축사하는 강영훈 총재. 사회 보는 필자. 옆은 박영 총장

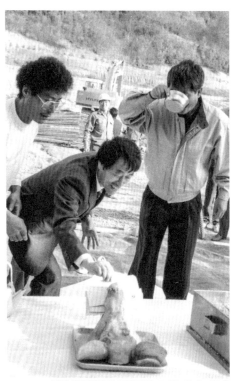

당시 서무과장으로 금일봉을 놓고 있는 필자(가운데)

무사고를 기원하며

분획동 준공식에서 축사하는 김상협 총재

연구소를 방문한 혈액원 직원과(중앙 정장 차림 필자)

正夫 部長 停年 退任宴
대한적십자사 혈액수혈연구원   1998. 11. 30

정년퇴임식에서 퇴임사를 하고 있는 필자

필자의 정년퇴임식에 참석한 직원들

퇴임식장에서 가족들과 함께

회갑연회장에서 가족 친지들과

회갑연회장에서 동생 내외와

회갑연회장에서 아들과 딸이 샴페인을 따르며 축하하고 있다

회갑연회장에서 형수 · 처남 내외와 아내

적십자동우회 연찬회에서(필자 맨 우측)

계간 〈뿌리〉 14주년 기념 특별공로상을 받는 필자, 좌측 공석하 시인, 우측 이상남 수필가

문학기행 중 문우들과 함께. 좌측 두 번째 필자

소백산 비로봉에서(좌측 두 번째 필자)

한라산 백록담에서

안성 안법고등학교 재경동창회 등반대회
(앞 줄 좌측 필자, 뒷줄 좌측 이상남 공석하)

계방산에서

연인산에서(맨 우측 필자)

도락산에서

명성산에서(맨 우측 필자)

칠갑산에서. 콩밭 매는 아낙은 없고…

상봉에서

축령산에서

대둔산에서 신영식 형과

서리산에서

가평 서리산 철쭉동산에서

세미원에서

부끄럼 없는 삶을 위하어

80세를 목전에 둔 나이에 생애 첫 단행본, 수필집『뒤져본 사진첩』을 내놓습니다. 세상에 내 놓기에는 설익어 부끄럽지만, 글줄이라도 쓸 수 있는 발판을 마련해 준 소중한 친구 고 공석하 교수에게 보답하는 의미를 담았습니다. 고인의 명복을 빌며, 내 사는 날 동안 친구에게 부끄럼 없이 살겠노라 다짐해봅니다.

좋은 책이 만들어질 수 있도록 편집과 교정을 맡아준 하현숙 작가에게 고마움을 전합니다. 가족과 문우들은 물론, 토담미디어 홍순창 사장에게도 감사드립니다.

— 저자 김정부

뒤져본 사진첩

ⓒ201 김정부

초판인쇄 _ 2018년 10월 4일

초판발행 _ 2018년 10월 10일

지은이 _ 김정부

발행인 _ 홍순창

편집장 _ 하현숙

미술 _ 김연숙

발행처 _ 토담미디어

서울 종로구 돈화문로 94, 302호(와룡동, 동원빌딩)

전화 02-2271-3335

팩스 0505-365-7845

홈페이지 www.todammedia.com

ISBN 979-11-6249-050-1 *03810